0,50 €

ID0309708

BARBE BLEUE

Amélie Nothomb est née à Kobé en 1967. Depuis son premier roman, *Hygiène de l'assassin*, elle s'est imposée comme un écrivain singulier enchaînant les succès en librairies et les récompenses littéraires, se renouvelant sans cesse. En 1999, elle reçoit le Grand prix de l'Académie française pour *Stupeur et tremblements*, et en 2008 le Grand prix Giono pour l'ensemble de son œuvre. Ses romans sont traduits dans une quarantaine de langues. *Barbe bleue* est son 21e roman.

Paru dans Le Livre de Poche :

ACIDE SULFURIQUE
ANTÉCHRISTA
ATTENTAT
BIOGRAPHIE DE LA FAIM
LES CATILINAIRES
LES COMBUSTIBLES
COSMÉTIQUE DE L'ENNEMI
LE FAIT DU PRINCE
HYGIÈNE DE L'ASSASSIN
JOURNAL D'HIRONDELLE
MERCURE
MÉTAPHYSIQUE DES TUBES
NI D'ÈVE NI D'ADAM
LA NOSTALGIE HEUREUSE
PÉPLUM
ROBERT DES NOMS PROPRES
LE SABOTAGE AMOUREUX
STUPEUR ET TREMBLEMENTS
TUER LE PÈRE
UNE FORME DE VIE
LE VOYAGE D'HIVER

AMÉLIE NOTHOMB

Barbe bleue

ROMAN

ALBIN MICHEL

© Éditions Albin Michel, 2012.
ISBN : 978-2-253-19414-9 – 1re publication LGF

Quand Saturnine arriva au lieu du rendez-vous, elle s'étonna qu'il y ait tant de monde. Certes, elle s'était doutée qu'elle ne serait pas l'unique candidate ; de là à être reçue dans une salle d'attente, où quinze personnes la précédaient, il y avait de la marge.

« C'était trop beau pour être vrai, pensa-t-elle. Je ne l'aurai jamais, cette colocation. » Comme elle avait pris sa matinée, elle résolut néanmoins de patienter. La magnifique pièce l'y invitait. C'était la première fois qu'elle entrait dans un hôtel de maître du VIIe arrondissement de Paris et elle n'en revenait pas du faste, de la hauteur sous plafond, de la tranquille splendeur de ce qui constituait à peine une antichambre.

L'annonce précisait : « Une chambre de 40 m² avec salle de bains, accès libre à une grande cuisine équipée », pour un loyer de 500 €. Il devait y avoir une erreur. Depuis que Saturnine cherchait un logement à Paris, elle avait visité des bouges infects de 25 m² sans salle d'eau, à 1 000 € le mois, qui trouvaient preneur. Quelle embrouille cachait donc cette offre miraculeuse ?

Elle contempla ensuite les candidats et s'aperçut qu'il s'agissait seulement de candidates. Elle se demanda si la colocation était un phénomène féminin. Ces femmes semblaient toutes très angoissées et Saturnine les comprenait : elle aussi brûlait d'obtenir cette chambre. Hélas, pourquoi serait-elle choisie plutôt que cette dame à l'air si respectable ou que cette businesswoman au brushing impavide ?

Sa voisine, qui l'observait, répondit à sa question :

— C'est vous qui l'aurez.

— Pardon ?

— Vous êtes la plus jeune et la plus jolie. Vous aurez l'appartement.

Saturnine fronça les sourcils.

— Cette expression ne vous va pas, continua l'inconnue. Quand vous entrerez dans le bureau, soyez plus détendue.

— Laissez-moi en paix.

— Ne vous fâchez pas. N'êtes-vous pas au courant de la réputation du maître des lieux ?

— Non.

La femme se tut d'un air mystérieux, espérant que Saturnine mendierait l'information. Saturnine se contenta d'attendre, sachant qu'elle parlerait de toute façon. Dont acte :

— Nous ne sommes pas les premières à nous présenter. Huit femmes ont déjà obtenu cette colocation. Toutes ont disparu.

— Elles n'étaient pas contentes de la chambre, peut-être.

— Vous n'avez pas compris. Elles n'ont plus eu la possibilité de s'exprimer là-dessus : on n'a plus jamais entendu parler d'elles.

— Mortes ?

— Non. La mort n'est pas une disparition.

La femme semblait satisfaite de l'effet produit.

— Pourquoi venez-vous alors ? demanda Saturnine. Voulez-vous disparaître vous aussi ?

— Je ne risque pas d'être choisie. Mais c'est la seule manière pour moi de rencontrer le propriétaire.

Saturnine omit de poser la question espérée ; cette pipelette l'agaçait, qui continua :

— Don Elemirio ne sort jamais de chez lui. Personne ne lui connaît de photo ou de portrait. Je veux savoir à quoi il ressemble. Tant de femmes sont tombées folles de cet homme.

Saturnine commença à vouloir déguerpir. Elle avait horreur des séducteurs. Hélas, elle n'en pouvait plus de rechercher un logement. La simple idée de retourner le soir à Marne-la-Vallée chez son amie Corinne lui levait le cœur. Corinne travaillait à Euro Disney et était très heureuse de partager son deux-pièces avec la jeune Belge, sans se douter que celle-ci manquait suffoquer quand elle dormait dans son canapé qui sentait la vieille cigarette.

— L'annonce spécifiait-elle le sexe ? demanda Saturnine. Il n'y a que des femmes.

— L'annonce ne spécifiait rien. Les gens sont au courant, à part vous. Vous êtes étrangère ?

La jeune femme ne voulut pas dire la vérité. Elle en avait assez de la sempiternelle réaction (« Oh ! J'ai un ami belge qui… ») : elle n'était pas une amie belge, elle était belge et ne voulait pas devenir l'amie de cette personne. Elle répondit :

— Je suis kazakhe.

— Pardon ?

— Je viens du Kazakhstan. Vous savez, les cosaques, les plus farouches guerriers du monde. Nous tuons dès que nous nous ennuyons.

La femme n'ouvrit plus la bouche.

Saturnine eut le temps de réfléchir. De quoi aurait-elle peur ? Elle n'était pas du genre à tomber amoureuse et surtout pas d'un homme à femmes. L'histoire des disparitions lui parut fumeuse. De toute façon, disparaître était moins effrayant que retourner à Marne-la-Vallée.

Elle regarda les quinze candidates. Cela se voyait qu'aucune n'avait besoin de cette colocation : il s'agissait de femmes des beaux quartiers qui n'étaient là que par curiosité envers ce type au nom espagnol et noble. Ce dernier détail mit Saturnine hors d'elle : cette attirance pour l'aristocratie que manifestaient les Français l'insupportait.

« Calme-toi, se dit-elle. Ne te soucie pas de ces ragots ridicules. Tu es là pour l'appartement, point final. »

Deux heures plus tard, un secrétaire la conduisit dans un bureau gigantesque, orné d'admirables fleurs mortes.

De l'homme qui lui serra la main, la jeune femme ne vit qu'une chose : il avait l'air d'un dépressif profond, le regard éteint et la voix épuisée.

— Bonjour, mademoiselle. Je suis don Elemirio Nibal y Milcar, j'ai quarante-quatre ans.

— Je m'appelle Saturnine Puissant, j'ai vingt-cinq ans. J'effectue un remplacement à l'École du Louvre.

Elle dit cela avec fierté. Pour une Belge de son âge, un tel poste était inespéré, même à titre temporaire.

— La chambre est à vous, affirma l'homme.

Décontenancée, Saturnine demanda :

— Vous avez refusé les candidates précédentes et moi, vous m'acceptez comme ça ? C'est l'École du Louvre qui vous a convaincu ?

— Si vous voulez, dit-il avec indifférence. Je vais vous montrer vos appartements.

Elle le suivit à travers un nombre remarquable de boudoirs jusqu'à une pièce qui lui parut immense. Le style en était aussi luxueux qu'indéfinissable ; la salle de bains attenante venait d'être refaite. Saturnine n'aurait jamais osé rêver logement si fastueux.

Ensuite, don Elemirio la conduisit à la cuisine, titanesque et moderne. Il lui indiqua qu'elle disposait d'un frigo entier à sa seule intention.

— Je n'aime pas savoir ce que mangent les autres, dit-il.

— Vous cuisinez vous-même ? s'étonna la jeune femme.

— Bien sûr. La cuisine est un art et un pouvoir : il est hors de question que je me soumette à celui de qui que ce soit. Si vous voulez partager l'un de mes repas, ce sera avec plaisir. L'inverse n'est pas vrai.

Enfin, il la mena jusqu'à une porte peinte en noir.

— Ceci est l'entrée de la chambre noire, où je développe mes photos. Elle n'est pas fermée à clef, question de confiance. Il va de soi que cette pièce est interdite. Si vous y pénétriez, je le saurais, et il vous en cuirait.

Saturnine se tut.

— Sinon, vous pouvez allez partout. Avez-vous des questions ?

— Dois-je signer un contrat ?

— Vous verrez cela avec mon secrétaire, l'excellent Hilarion Grivelan.

— Quand puis-je m'installer ?

— Dès maintenant.

— C'est que je dois aller chercher mes affaires chez une amie, à Marne-la-Vallée.

— Voulez-vous que mon chauffeur vous y escorte ?

Saturnine, qui prévoyait un retour en RER, accepta sans façon.

— Tu n'étais pas bien, ici, avec moi ? demanda Corinne.

— Mais si. Et je ne te remercierai jamais assez. Je ne pouvais pas abuser de ton hospitalité jusqu'à la fin des temps.

— J'ai peur pour toi. C'est louche, ton plan.

— Corinne, tu me connais : je suis une dure à cuire. Viens me voir quand tu veux. La station de métro, c'est La Tour-Maubourg. J'ai lu le contrat, j'ai le droit de recevoir.

— Et si tu entres dans cette chambre noire par distraction ?

— Ce n'est pas mon genre. Et je m'en fiche, moi, de ses photos.

La Bentley l'attendait au bas de l'immeuble. Le chauffeur ne prononça pas une parole, ni à l'aller, ni au retour, et alla se garer dans la cour intérieure de l'hôtel particulier. À la tombée de la nuit, Saturnine trouva les lieux encore plus féeriques.

Elle rangea ses affaires dans les placards invisibles, qui lui parurent beaucoup trop grands. Vers 20 heures, un homme frappa à sa porte.

— Bonsoir, mademoiselle. Je m'appelle Mélaine, je suis l'homme de ménage. À quelle heure m'autorisez-vous à nettoyer votre chambre et votre salle de bains ?

— Elles sont propres.

— Certes, mais j'ai pour devoir de passer chaque jour. Monsieur vous propose de partager son dîner : si vous acceptez, je pourrai nettoyer maintenant.

— Faites comme vous voulez, lâcha-t-elle en se dirigeant vers la cuisine.

Don Elemirio y contemplait des œufs qu'il avait disposés en pyramide et lui demanda si elle les aimait. Elle répondit par l'affirmative.

Avec une attention extrême, il prépara aussitôt une omelette d'une perfection intimidante.

— Si vous le voulez bien, nous dînerons dans cette pièce.

La table de la cuisine était un bloc de plexiglas aussi agréable à la vue qu'au toucher. Don Elemirio s'assit sur un haut tabouret et l'invita à se servir sans attendre.

Comme il mangeait sans parler, elle ne se priva pas de le contempler. D'où pouvait lui venir cette réputation de séducteur ? Son physique était tout juste acceptable. Il portait les vêtements les plus ordinaires, rien dans son allure ne retenait le regard. Quant à sa conversation, elle n'existait pas. S'il avait fallu lui trouver une qualité, elle aurait eu du mal.

— Quelle est votre occupation ? demanda-t-elle.

— Aucune.

— À part la photo, bien sûr ?

Il eut une seconde de flottement.

— Bien sûr. Je n'en fais pas souvent. J'attends d'être inspiré, ce qui n'est pas fréquent.

— À quoi passez-vous votre temps alors ?

Elle s'attendait à ce que son indiscrétion le choque. Il n'en fut rien.

— Je suis espagnol.

— Ma question n'était pas de cet ordre.

— C'est mon activité.

— En quoi consiste-t-elle ?

— Aucune dignité n'arrive à la cheville de la dignité espagnole. Je suis digne à plein temps.

— Et ce soir par exemple, comment manifesterez-vous votre dignité ?

— Je relirai le greffe de l'Inquisition. C'est admirable. Comment a-t-on pu médire de cette instance ?

— Peut-être parce qu'elle pratiquait le meurtre et la torture.

— Le meurtre et la torture se pratiquaient beaucoup plus avant l'Inquisition. Celle-ci était d'abord un tribunal. Chaque personne avait droit à un procès avant son exécution.

— À une parodie de justice, en effet.

— Nullement. Je relis les minutes, c'est de la métaphysique sublime. Quel progrès par rapport à la barbarie antérieure ! Auparavant, une accusation de sorcellerie menait aussitôt au bûcher. Grâce au tribunal de la Sainte Inquisition, la sorcière était soumise à l'ordalie qui pouvait l'innocenter.

— Combien de sorcières ont été innocentées par l'épreuve de l'ordalie ?

— Aucune.

Saturnine éclata de rire.

— Vous avez raison, c'est un sacré progrès.

— Cela n'a rien à voir. L'ordalie prouvait qu'elles méritaient la mort.

— Vous avez déjà marché pieds nus dans un brasier ?

— Je vois que vous êtes un esprit fort. Ce n'est pas votre faute. Vous êtes française.

— Non. Je suis belge.

Il leva le visage et la contempla avec intérêt.

— Vous êtes donc en partie espagnole, grâce à Charles Quint.

— C'est un peu loin tout ça.

— Non. Nous n'avons jamais quitté le XVIe siècle. D'où le trafic des indulgences.

Jusque-là, Saturnine avait pensé avoir affaire à un provocateur. À cet instant, elle comprit qu'elle avait affaire à un fou.

— Lire le greffe du tribunal de l'Inquisition doit avoir ses limites, dit-elle. Que lirez-vous ensuite ?

— Je relirai Gracián et Lulle.

— La section espagnole du Louvre est tout à fait pour vous, vous devez y avoir vos entrées.

— Je n'y suis jamais allé.

— Vous plaisantez ?

— Non. Je ne sors jamais. Je n'ai plus quitté ce logis depuis vingt ans.

— Même pas pour une promenade en voiture ?

— Même pas.

— Mais alors, pourquoi possédez-vous un chauffeur et une Bentley ?

Saturnine s'apprêtait à corriger ce « posséder un chauffeur », mais le maître des lieux ne parut pas choqué par l'expression et répondit :

— Mon secrétaire et mon homme de ménage recourent souvent aux services du chauffeur et de son véhicule. Pour ma part, je préfère rester ici. Le monde extérieur me choque par sa vulgarité et son ennui.

— Vous ne vous ennuyez jamais en restant cloîtré ici ?

— J'ai des moments creux – rien, cependant, qui se compare à ce que l'on éprouve lors d'une réception mondaine ou d'une soirée entre amis. Je n'ai plus d'amis. C'est trop ennuyeux.

— Peut-être n'avez-vous pas rencontré les gens qui vous convenaient.

— Jusqu'à votre âge environ, j'ai eu ce que l'on appelle une vie sociale. Je vous jure que j'y ai mis du mien. Au bout du compte, toutes les confidences se ressemblent. J'ai infiniment plus de plaisir à côtoyer Gracián, Lulle et Torquemada. D'autant qu'ils ne me demandent rien, eux.

— Je peux comprendre que vous en ayez assez des gens. Mais Paris, la forêt, le monde !

Don Elemirio eut un geste de lassitude.

— J'ai vu cela. Quand les gens reviennent de voyage, ils disent : « Nous avons fait les chutes du Niagara. » Il faut pour ces périples une naïveté que je n'ai pas. Voyez-vous, ces gens croient pour de vrai qu'ils ont fabriqué les chutes du Niagara.

— Pourquoi ne vous suicidez-vous pas ? Si je pensais comme vous, je me pendrais.

— Détrompez-vous. Ma vie n'est pas dépourvue d'intérêt.

— Ça vous suffit, vos vieux livres pour exister ?

— Il n'y a pas qu'eux. Il y a Dieu, le Christ, le Saint-Esprit. Je suis aussi catholique qu'un Espagnol peut l'être. Cela m'occupe beaucoup.

— Pourquoi n'allez-vous pas à la messe ?

— La messe vient à moi. Si vous voulez, je vous montrerai la chapelle où, chaque matin, un prêtre espagnol célèbre pour moi seul le culte. C'est à côté des cuisines.

— Votre existence me tente de moins en moins.

— Et puis, il y a les femmes.

— Où les cachez-vous, je n'en ai vu aucune ?

— Avez-vous le sentiment d'être cachée ?

— Je ne suis pas une femme de votre vie.

— Si. Depuis ce matin.

— Non. J'ai bien lu le contrat de colocation avant de le signer.

— C'est trop subtil pour être contractuel.

— Parlez pour vous. Vous ne m'attirez absolument pas.

— Vous non plus.

— Alors, pourquoi dites-vous que je suis une femme de votre vie ?

— C'est la fatalité. Quinze femmes se sont présentées aujourd'hui pour la chambre. Quand je vous ai vue, j'ai su aussitôt qu'avec vous, le destin pourrait s'accomplir.

— Rien ne s'accomplira sans mon consentement.

— En effet.

— Donc, rien ne s'accomplira.

— Je vous comprends. Je vous déplais, c'est naturel. Je ne suis pas séduisant.

— Vous disiez que vous en aviez assez des gens. J'en conclus que vous en avez assez des hommes.

— Les femmes sont aussi lassantes que les hommes. Mais avec certaines d'entre elles, l'amour est possible, qui ne lasse pas. Il y a là un mystère.

Saturnine fronça les sourcils.

— Cette colocation, c'est uniquement pour trouver des femmes ?

— Bien sûr. Pour quoi d'autre ?

— J'avais imaginé que c'était pour l'argent.

— Cinq cents euros par mois. Vous plaisantez !

— Pour moi, c'est une somme.

— Pauvre enfant.

— Je ne disais pas ça pour être plainte. Je ne comprends pas. Un homme comme vous ne devrait avoir aucun problème à rencontrer des femmes.

— Précisément. Je suis l'un des célibataires les plus convoités du monde. C'est aussi pour cela que je ne sors plus de chez moi. Dans chaque réception mondaine, une embuscade de femmes m'attend. C'est pathétique.

— Votre modestie me touche.

— Je suis plus modeste que vous ne le pensez. Je sais que ces femmes n'en ont ni après mon physique, ni après ma personnalité.

— Oui, le drame des hommes riches.

— Vous n'y êtes pas. Pour la richesse, il y a plus intéressant que moi. Mon drame, c'est que je suis l'homme le plus noble du monde.

— Voyez-vous cela.

— Les spécialistes vous le diront : aucune aristocratie n'arrive à la cheville de l'espagnole. C'est si vrai que nous avons dû inventer un nouveau mot pour désigner la noblesse de notre pays.

— La grandesse.

— Vous savez cela, vous ?

— On peut être une obscure roturière belge et être au courant.

— Soit dit en passant, dans les autres pays, comment croire aux blasons, aux armoiries ? Ces systèmes d'apothicaire qui décrètent qu'un tel est comte et tel autre marquis ou archiduc…

— Permettez, vous avez cela aussi. La Belgique se souvient du duc d'Albe.

— Oui, mais chez nous, ces titres ont valeur de monsieur ou madame. Ce qui importe, c'est de faire partie des grands. On dit un grand d'Espagne. Dites un grand de France et vous voyez l'effet comique.

— Pourquoi habitez-vous en France ?

— Les Nibal y Milcar sont en exil. Un mien ancêtre avait traité Franco de gauchiste. Il l'a mal pris. Allez savoir pourquoi, ses ennemis nous en veulent aussi.

— Politiquement, la France actuelle vous convient-elle ?

— Non. Idéalement, il me faudrait une monarchie s'accommodant d'un régime féodo-vassalique. Sur terre, cela n'existe plus.

— Avez-vous songé à rejoindre d'autres planètes ? demanda Saturnine qui commençait à s'amuser.

— Bien sûr, répondit don Elemirio le plus sérieusement du monde. À vingt ans, j'ai échoué aux tests de la NASA pour des raisons physiologiques. C'est une particularité de la grandesse : nous avons l'intestin trop long. D'où le trafic des indulgences.

— Il y a une causalité qui m'échappe dans votre histoire.

— Les remords espagnols sont plus difficiles à digérer vu la longueur intestinale des grands. Le trafic des indulgences a soulagé bien des problèmes digestifs.

Bref, je ne peux voyager dans l'espace. Alors, je reste à Paris.

— Mais le trafic des indulgences ne se pratique pas à Paris, don Elemirio.

— Détrompez-vous. Chaque matin, je verse quelques ducats à mon confesseur qui me pardonne mes péchés.

— J'en connais un qui s'en met plein les poches.

— Cessez ce persiflage, j'en perds le fil de mon récit. Où en étais-je ?

— Les femmes. Vous avez un problème avec elles parce que vous êtes trop noble.

— Oui. Toute union serait une mésalliance. J'ai donc renoncé à me marier. Or dans les mondanités, les femmes espèrent un époux.

« Il est grave », pensa Saturnine.

— C'est pourquoi je préfère la colocation. Les colocatrices n'espèrent pas qu'on les épouse. Elles habitent déjà avec vous.

— Ce n'est pas très catholique, ce que vous me racontez.

— En effet. Mon prêtre me demande beaucoup de ducats pour ces fautes.

— Me voici rassurée. Au fait, cela ne vous dérange pas que je sois roturière ?

— Pour les Nibal y Milcar, tous les gens extérieurs à la famille sont des roturiers. Je préfère de loin une roturière comme vous à ces aristocrates autoproclamés que l'on rencontre en France. C'est pathétique, ces gens qui vous racontent qu'ils avaient un ancêtre à Azincourt ou à Bouvines.

— Pour le coup, je suis d'accord. Mais qu'avez-vous de mieux à déclarer ?

— Les Nibal y Milcar descendent des Carthaginois et du Christ. C'est quand même autre chose qu'une petite bataille française.

— Les Carthaginois, passe encore. Le Christ, vous êtes sûr ?

— Les gens ne savent pas assez que le Christ était espagnol.

— Il n'était pas galiléen ?

— On peut naître en Galilée et être espagnol. Moi qui vous parle, je suis né en France et pourtant, vous ne trouverez pas plus espagnol, à part le Christ.

— C'est fumeux, votre histoire.

— Non. Le Christ a le comportement le plus espagnol du monde. C'est don Quichotte, en mieux. Et vous ne nierez pas que Quichotte est archi-espagnol.

— Je ne le nie pas.

— Eh bien, prenez chaque caractéristique de Quichotte et multipliez par quinze, vous obtenez le Christ. Le Christ a inventé l'Espagne. C'est pourquoi les Nibal y Milcar sont les champions du christianisme.

— Que viennent faire les colocatrices dans cette affaire ?

— Elles sont ces humbles femmes que, telle Dulcinée du Toboso, j'adoube de mon intérêt, quand ce ne sont que des filles de ferme.

— Une fille de ferme ? Admettons. Pourquoi vous intéressez-vous à des filles de ferme au lieu de choisir un beau parti ?

— Les beaux partis m'écœurent. Comment se croire à la hauteur d'un Nibal y Milcar ? À cette prétention, je préfère le hasard. Le saint hasard m'a toujours envoyé des femmes par la grâce de la colocation.

— Mais parmi les quinze candidates, il y en avait au moins une qui connaissait votre pedigree.

— Toutes savaient. J'ai choisi l'ignorante.

— Ignorante, je ne le suis plus.

— En effet. Je pousse l'honnêteté jusqu'à vous avertir.

— Et si je partais ?

— Libre à vous.

— Je ne partirai pas. Je n'ai pas peur de vous.

— Vous avez raison. Je suis l'être le plus fiable que je connaisse.

— C'est une drôle de réponse. Les gens qui se disent fiables sont aussi dangereux que les autres.

— Oui. Mais les règles sont claires. Le danger est donc évitable. Voulez-vous un dessert ?

— Proposé de cette manière, on croirait une menace.

— C'en est une. Il s'agit d'une crème à base de jaunes d'œufs.

— Vous me servez une omelette et puis des œufs en guise de dessert ?

— J'ai une passion théologique pour les œufs.

— Et votre estomac s'en accommode ?

— La digestion est un phénomène purement catholique. Tant que le prêtre m'absout, je peux digérer des briques. J'ajouterais que la sainte Espagne a toujours réservé à l'œuf la place qui lui est due. À Barcelone, les religieuses utilisent tant de blancs d'œufs pour raidir leurs voiles que les cuisiniers ont dû apprendre à inventer mille recettes aux jaunes d'œufs.

— Donnez-m'en donc la valeur d'un coquetier.

L'hôte alla chercher des tasses en or massif et les remplit d'une onctuosité jaune. Saturnine en resta figée d'éblouissement.

— Ce jaune opaque dans cet or baroque, c'est d'une beauté ! finit-elle par dire.

Don Elemirio, pour la première fois, regarda la jeune femme avec un intérêt véritable.

— Vous êtes sensible à cela ?

— Comment ne pas l'être ? Rouge et or, bleu et or, même vert et or sont des associations sublimes, mais classiques. Jaune et or, en art, cela n'apparaît pas. Pourquoi ? C'est la couleur même de la lumière, modulée du plus mat au plus brillant.

L'homme posa sa cuiller et avec toute la solennité possible déclara :

— Mademoiselle, je vous aime.

— Déjà ? Et pour si peu ?

— Je vous prie de ne pas gâcher par des paroles inconsidérées l'excellente impression que vous venez de produire. L'or est la substance de Dieu. Aucune nation n'a autant le sens de l'or que l'Espagne. Comprendre l'or, c'est comprendre l'Espagne et donc me comprendre. Je vous aime, c'est ainsi.

— Soit. Je ne vous aime pas.

— Cela viendra.

Saturnine goûta la crème de jaunes d'œufs.

— C'est délicieux, dit-elle.

Don Elemirio attendit qu'elle finisse puis s'exclama :

— Je vous aime encore plus !

— Que s'est-il passé ?

— Vous êtes la première qui n'ajoute pas que c'est

écœurant ou trop sucré. Vous n'êtes pas une petite nature.

La jeune femme s'efforça de ne plus rien dire, de peur de renforcer une passion à laquelle elle ne comprenait rien. Pour échapper au regard brûlant et désormais fixe de l'Espagnol, elle prétexta la fatigue pour disparaître dans ses appartements.

L'extraordinaire confort du lit traumatisa Saturnine : « Pour ressentir une telle volupté, j'accepterais n'importe quelle déclaration d'amour à la noix », eut-elle le temps de penser avant de s'endormir. Dans un silence qu'elle n'eût pas cru possible au cœur de Paris. Le canapé de Marne-la-Vallée appartenait à un autre monde.

Comme tous ceux qui ont couché sur des lits de camp pendant des mois, elle sut aussitôt qu'elle ne pourrait plus se passer de luxe. Au milieu de la nuit, elle se leva pour un besoin ; ses pieds foulèrent le bois tiède du parquet, puis le marbre chauffé de la salle de bains. Ce dernier détail la sidéra.

Au réveil, elle alla se regarder dans le miroir : un air de douceur qu'elle ne se connaissait pas éclairait son visage. Pour la première fois depuis qu'elle avait quitté la Belgique, elle n'avait plus ce qu'elle nommait sa « tête exténuée de banlieusarde ».

Elle tira un cordon prévu à cet effet pour appeler un domestique. Cinq minutes plus tard, on frappa à sa porte. C'était Mélaine.

— Mademoiselle désire son petit déjeuner dans sa chambre ?

— C'est possible ?

— Préférez-vous le petit déjeuner au lit ou sur la table ?

— J'adore le petit déjeuner au lit, mais cela fait des miettes.

— Les draps sont changés chaque jour. Café, thé, croissants, œufs, jus de fruits, lait, céréales ?

— Du café noir, s'il vous plaît, et des croissants.

Quand elle partit à l'École du Louvre, elle était dans une forme du tonnerre. Elle donna ses cours comme en se jouant, avec la conviction que ses élèves, dont la majorité avaient son âge, la respectaient enfin.

Elle travaillait dans ses appartements quand Mélaine lui dit que Monsieur la priait de partager son dîner.

— Que se passerait-il si je refusais ? demanda-t-elle.

— Vous en avez le droit. Voulez-vous un plateau dans votre chambre ?

De se savoir libre la rassura.

— J'arrive, dit-elle.

Elle trouva don Elemirio à ses fourneaux. Il avait revêtu un grand tablier par-dessus sa tenue d'intérieur.

— Bonsoir, mademoiselle. J'ai préparé des paupiettes.

Elle éclata de rire.

— Vous n'aimez pas ?

— Si. Mais c'est tellement français. Je ne m'attendais pas à ce qu'un Espagnol choisisse ce classique des familles françaises.

— On ne mange pas cela en Belgique ?

— J'en ai mangé une seule fois, chez une vieille tante de Tournai. Elle appelait cela des oiseaux sans tête. À cause de ce nom, j'ai refusé d'y toucher. J'avais dix ans, on m'a forcée. J'ai dû convenir que c'était mangeable.

— Des oiseaux sans tête. S'agit-il d'un belgicisme ?

— Je suppose.

— Quel pays barbare que le vôtre !

— Tout le monde ne peut pas venir de la nation du tribunal de la Sainte Inquisition.

— C'est vrai, dit-il sans percevoir l'ironie. J'espère que mes paupiettes vous paraîtront mieux que mangeables.

Il servit, retira son tablier et s'attabla avec elle.

— C'est délicieux, déclara-t-elle.

— Je vous aime.

— Laissez-moi dîner en paix, s'il vous plaît.

— J'ai attendu toute la journée de vous retrouver.

— Et vous avez comblé l'absence en lisant quelques condamnations de sorcières.

— Non. Comme je suis amoureux, je me suis senti suprêmement moi-même, et j'ai relu une partie du journal intime que j'écrivais enfant.

Il se tut, dans l'espoir qu'elle le questionnerait, mais rien ne vint. Alors, il poursuivit :

— Je savais que je ne pourrais me confesser avant mes huit ans. De peur d'oublier certains péchés, j'ai pris l'habitude, à l'âge de quatre ans, de noter mes faits, gestes et pensées. Je partais du principe que je ne pourrais différencier le bien du mal, aussi, j'inscrivais tout. À huit ans, quand j'ai pu enfin entrer dans le confessionnal, j'ai montré au prêtre mes nombreux cahiers. À mon grand désarroi, il a refusé de les lire. « Et si j'omets de vous dire un péché de mon passé, irai-je en enfer ? » lui ai-je demandé. Il m'a assuré que non : « Avant huit ans, il n'existe pas de péché mortel », a-t-il dit. Qu'en pensez-vous ?

— Je ne crois pas à l'enfer.

— Quelle légèreté de votre part ! Mais telle n'était pas ma question. Croyez-vous qu'avant huit ans, on ne puisse commettre de péchés mortels ? Mon journal intime en regorge dès mes cinq ans, âge où j'ai découvert l'onanisme.

— Vous n'êtes peut-être pas obligé de me raconter vos secrets. Je ne suis pas votre confesseur.

— Je volais aussi. J'aimais un petit vaurien de mon école et j'avais remarqué qu'il me témoignait de la sympathie quand je lui offrais des objets de valeur. Alors, je dérobais chez moi de l'argenterie que je lui apportais à la récréation. Un jour, je suis allé jouer chez lui et ses parents m'ont invité à dîner. À table, les couverts étaient en acier inoxydable. Je lui ai demandé ce qu'il avait fait de mes cadeaux. Il m'a répondu qu'il les avait vendus. J'en ai conçu un chagrin infini. Je n'ai plus jamais volé ni aimé ce garçon.

— C'est cet épisode-là que vous avez relu aujourd'hui ?

— Non. J'ai relu ma découverte de l'or. À la chapelle, le tabernacle et l'ostensoir étaient d'or – ils le sont toujours. À sept ans, un jour d'hiver, j'étais allé prier. Le soleil couchant a frappé de plein fouet les objets du culte qui ont resplendi d'une manière irréelle. En un instant, j'ai su que cet éclat signalait la présence de Dieu. Une transe s'est emparée de moi qui n'a disparu que quand la nuit a avalé les auréoles. Ma foi, déjà très vive, a atteint les proportions de l'univers.

— Vous ne mangez pas ?

— Si, si. Hier, quand vous avez vanté la beauté du jaune d'œuf dans la tasse en or, j'ai éprouvé une transe comparable à celle de mes sept ans et j'ai su que je vous aimais.

— Très bien. Vous me raconterez la suite quand vous aurez fini votre assiette.

— Vous me parlez comme à un enfant ! s'exclama-t-il.

— Cela m'agace, les gens qui laissent refroidir de bonnes choses parce qu'ils sont bavards.

— Parlez donc, vous qui avez terminé.

— Désolée, je n'ai aucune conversation.

— Êtes-vous une nature secrète ?

— Je me méfie de ceux qui se déclarent secrets. Ce sont les mêmes qui, cinq minutes plus tard, vous révèlent les moindres détails de leur vie privée.

— On peut s'épancher en demeurant secret.

— On peut aussi ne pas s'épancher.

— Vous espérez demeurer une étrangère pour moi ?

— Je demeurerai une étrangère pour vous.

— Tant mieux. Ainsi, je vous inventerai.

— J'en étais sûre.

— Vous vous appelez Saturnine Puissant, vous avez vingt-cinq ans et vous êtes belge. Vous êtes née à Ixelles le 1er janvier 1987.

— Vous avez lu le contrat. Permettez-moi de ne pas être épatée.

— Vous étudiez à l'École du Louvre.

— Non. J'enseigne à l'École du Louvre.

— Qu'est-ce qu'une Belge de votre âge peut enseigner à l'École du Louvre ?

— Vous étiez censé m'inventer.

— Vous êtes une spécialiste de Khnopff. Vous enseignez l'art de Khnopff aux Français.

— L'idée est bonne. J'aime ce peintre.

— Ne dirait-on pas qu'il a peint votre visage ?

— Vous exagérez.

— Non. Vous êtes belle comme une créature de Khnopff. Je vous imagine pourvue d'un corps de guépard. J'adorerais que vous me dévoriez.

— Je ne mange pas n'importe quoi.

— Voulez-vous m'épouser ?

— Je pensais que vous n'épousiez pas.

— Je ferai une exception pour vous. Je vous aime comme je n'ai jamais aimé.

— Vous avez dû le dire à toutes celles qui m'ont précédée.

— Je l'ai dit chaque fois que c'était vrai. Mais vous êtes la première que je demande en mariage.

— Vous saviez que je refuserais. Le risque était faible.

— Refusez-vous à cause de ma réputation ?

— Les disparitions de femmes ? Non, je refuse parce que je n'ai aucune envie de me marier. Qu'est-ce qui leur est arrivé, à ces femmes ?

— C'est une longue histoire, murmura don Elemirio d'un air mystérieux.

— Arrêtez. Je n'aurais pas dû vous poser cette question. Cela m'est égal, ce qui s'est passé.

— Pourquoi dites-vous cela ?

— J'ai vu votre plaisir à l'idée de me raconter vos aventures. Cela m'a suffi.

— Je vais néanmoins vous dire…

— Non. Je ne veux rien savoir. Si vous parlez, je vais dans ma chambre.

— Qu'est-ce qui vous prend ?

— Vous avez mal choisi votre colocataire. Les candidates qui attendaient avec moi n'étaient venues que par curiosité pour ces femmes disparues. Moi, je cherchais seulement un logement.

— Je vous ai donc très bien choisie.

— À quel jeu pervers jouez-vous ? Vous installez chez vous des filles dans le besoin, vous les séduisez, vous les poussez à la faute et puis vous les sanctionnez.

— Comment osez-vous ?

— Ne me prenez pas pour une idiote. Vous désignez vous-même la chambre noire où il ne faut entrer sous aucun prétexte, vous dites qu'elle n'est pas fermée à clef, que c'est une question de confiance, que vous sauriez si j'y pénétrais et qu'il m'en cuirait. Si vous ne leur aviez pas parlé de cette pièce interdite avec tant d'insistance, aucune de vos colocataires n'aurait jamais eu l'idée d'y aller. J'imagine votre plaisir sadique à les punir ensuite.

— C'est faux.

— Quel piège grossier ! Je ne sais pas qui je méprise le plus : les malheureuses qui y sont tombées ou le misérable qui l'a tendu.

— C'est un test.

— Vous vous croyez en position de faire passer des tests ? Pour qui vous prenez-vous ?

— Je suis don Elemirio Nibal y Milcar, grand d'Espagne.

— Oh, ça va ! Ça n'impressionne que vous, ces rodomontades !

— Détrompez-vous. Des hordes de femmes seraient capables de tout pour porter ce nom. La crise économique a exalté encore davantage le prestige de l'aristocratie.

— Vous dites que ces femmes auraient été capables de tout pour porter votre nom, quand elles n'ont même pas été capables de respecter votre interdiction stupide.

— Hélas, la faiblesse d'âme est devenue la norme.

— Vous ne valez guère mieux. Vous versez des ducats à votre confesseur quand vous avez péché.

— Permettez. Quand on connaît mon amour pour l'or, on mesure ma contrition au montant que je paie.

— Tout le monde est idiot dans cette histoire, sauf votre confesseur.

— Et vous. J'admire votre intelligence.

— En l'occurrence, ce n'est que de la santé mentale. Je ne suis pas dupe de vos bêtises.

— Vous méritez de m'épouser.

— C'est vous qui ne me méritez pas.

— J'aime que vous vous surestimiez à ce point.

— Même pas. Seulement, je ne suis pas malade. Il y a un dessert ?

— Il y a cette crème aux œufs que je vous ai servie hier.

— Ça suffit. J'aime la variété.

— Que désirez-vous ?

— Du saint-honoré, dit-elle par bravade au moment de s'esquiver.

Quand Mélaine lui porta son petit déjeuner au lit le lendemain matin, Saturnine lui demanda depuis combien de temps il travaillait pour les Nibal y Milcar.

— Depuis vingt ans. Comme Hilarion Grivelan et le chauffeur.

— Vous avez été engagés en même temps ?

— En effet. À la mort des parents de Monsieur.

— La précédente équipe a été enterrée avec les défunts ?

— Non, dit Mélaine, imperturbable. Les parents de Monsieur avaient un style de vie très différent. Ils recevaient beaucoup. Les gens de maison étaient nombreux. Monsieur les a tous congédiés.

— Don Elemirio tenait-il à ce que vous soyez un homme ?

— Oui. C'était l'un des critères.

— Pourquoi ?

— Je l'ignore, mademoiselle.

Lorsqu'elle entra dans la cuisine le soir même, don Elemirio accueillit, étrangement ému, Saturnine d'un « Vous ! » tonitruant.

— Qui voulez-vous que ce soit ? dit-elle.

— J'ai passé la journée en votre compagnie. Regardez.

Il sortit du frigo un gigantesque saint-honoré et le posa sur la table. La jeune femme poussa un cri d'admiration.

— C'est mon œuvre, déclara-t-il. Moi qui n'avais jamais préparé ni de pâte à choux, ni de pâte feuilletée, ni de crème chiboust, ni de caramel, j'ai tout appris aujourd'hui grâce à mon grimoire.

— C'est magnifique !

— J'ai eu la tentation de glisser dans le caramel bouillant quelques feuilles d'or pour donner à ce gâteau la dignité espagnole, mais j'ai résisté, pour vous prouver que je suis ouvert au goût d'autrui.

— Je vous en félicite.

— C'est le plat principal.

— Vous avez raison. Nous n'allions pas manger avant ; nous n'aurions pensé qu'au dessert. Avez-vous prévu du champagne ?

— Pardon ?

— Un tel saint-honoré exige d'être accompagné d'un grand champagne.

— Je suis confus. Il n'y en a pas.

— J'en trouverai, dit Saturnine.

Don Elemirio n'eut pas le temps de la retenir. La jeune femme était déjà dans la rue. À cette heure, dans le VIIe arrondissement, elle ne risquait pas de tomber sur une épicerie ouverte ; elle entra dans une brasserie chic, se montra charmante et acheta au prix fort une bouteille de Laurent-Perrier. Elle revint à la hâte avec son butin.

— Il est glacé, annonça-t-elle.

Don Elemirio avait sorti des flûtes en cristal de Tolède.

— Je ne savais pas que vous aimiez le champagne, bredouilla-t-il.

— Pas vous ?

— Je ne sais pas.

— À quoi bon être riche si ce n'est pour boire d'excellents champagnes ? Vous qui êtes obsédé par l'or, ne savez-vous pas que le champagne en est la version fluide ?

Elle déboucha la bouteille et remplit les flûtes. Elle tendit la sienne à l'Espagnol.

— Regardez, dit-elle en mirant le breuvage. Quoi de plus beau que le plaisir ?

— À quoi buvons-nous ?

— À l'or, bien sûr.

— À l'or, reprit don Elemirio d'une voix mystique. La gorgée les transit.

— À présent, nous pouvons dignement déguster votre saint-honoré.

Il en découpa deux parts qui ne s'effondrèrent pas : la grâce était avec lui.

— Délectable ! s'écria-t-elle. Je ne sais pas ce que vous valez comme aristo, mais comme pâtissier, vous me convainquez. Allons bon, vous pleurez ?

— Pour la première fois, j'ai l'impression de vous plaire. Je suis un émotif.

— N'exagérons rien. J'apprécie votre gâteau, voilà tout. Voulez-vous sécher vos larmes, je vous prie.

— Non. J'aime pleurer devant une belle jeune femme à qui j'offre de la volupté.

— Vous êtes insortable.

— Vous voyez, j'ai raison de ne pas sortir.

Elle rit.

— Quand je pense à toutes ces femmes qui rêvent de vous rencontrer ! Si elles savaient que vous sanglotez à la moindre occasion et qu'il n'y a pas de champagne chez vous !

— Je corrigerai ce dernier point. Vous m'avez converti. D'où vous vient cette habitude ?

— Cette habitude ? Vous plaisantez. Je n'ai pas bu beaucoup de champagne dans ma vie, mais dès la première fois, j'ai su qu'il n'y avait rien de meilleur. Comment avez-vous évité de vous en apercevoir, vous ?

— J'imagine que le champagne m'a été gâché par les mondanités. Je n'y avais plus touché depuis vingt ans.

Cette durée en rappela une autre à son interlocutrice.

— Comme gens de maison, vous n'employez que des hommes. Pourquoi ?

— Je ne supporte pas l'idée qu'une tâche dégradante soit exercée par une femme. Quand j'étais enfant et que je voyais une fille frotter par terre, j'avais honte.

— Et quand un homme frotte par terre, ça ne vous gêne pas ?

— J'ai toujours pensé que les hommes étaient destinés aux sales besognes. Si je me montre si exigeant envers les femmes, c'est parce qu'il y a plus à attendre d'elles.

— Votre discours ne manque pas d'ambiguïté. Vous célébrez davantage les femmes, pour mieux vous permettre de les châtier.

— D'où tirez-vous que je les châtie ?

— De vos propres paroles. « Si vous pénétriez dans la chambre noire, il vous en cuirait. »

— Cette phrase ne spécifie pas que je châtie quiconque.

— J'ai l'impression que vous jouez sur les mots.

— Si vous me croyez malfaisant, pourquoi restez-vous ?

— Parce que je bénéficie ici d'un confort extraordinaire. Parce que je ne suis pas du genre à m'intéresser à votre chambre noire. Parce que dès demain, vous commanderez de grands champagnes.

— En somme, vous m'appréciez.

— Je n'ai pas dit cela. Mais je n'ai pas peur de vous.

— Vous avez raison. Je ne suis pas dangereux.

— Qu'en pensent les huit femmes qui m'ont précédée ?

— Posez-leur la question.

— Vous êtes macabre.

— Laissez-moi vous raconter…

— Je ne veux pas connaître votre histoire, je le répète.

— Vous n'êtes pas juste.

— Je n'ai pas le sentiment que vous soyez un modèle de justice, vous non plus.

Don Elemirio mangea un peu de saint-honoré d'un air dubitatif et finit par dire :

— Les apparences plaident contre moi.

— Quelle lucidité ! s'exclama Saturnine en riant.

— Vous vous trompez sur mon compte. Cela me rend malade, quand je constate que tant de femmes sont aimantées par mon effroyable réputation. Pouvez-vous m'expliquer ce comportement féminin ?

— Sans doute existe-t-il, chez la plupart des femmes, une forme de masochisme. Combien de femmes ai-je vues succomber à l'attirance de pervers répugnants ? En prison, les émules de Landru reçoivent des paquets de lettres d'admiratrices amoureuses. Certaines vont jusqu'à les épouser. J'imagine que c'est le côté obscur de la féminité.

— Vous, vous n'êtes pas ainsi. Pourquoi ?

— Il faut inverser cette question. Pourquoi les autres sont-elles folles ?

— Les femmes sont meilleures ou pires que les hommes. C'est La Rochefoucauld qui l'a écrit.

— C'est la première fois que je vous entends citer un Français.

— Les Espagnols ne sont capables que d'idéaliser tragiquement les femmes. Je n'échappe pas à la règle.

— Ce n'est jamais un cadeau que de placer quelqu'un sur un piédestal.

— Au contraire. C'est lui offrir une possibilité d'excellence.

— Et à la moindre imperfection, on jette la malheureuse à terre.

— Pas à la moindre imperfection.

— Taisez-vous. Si vous croyez que je n'ai pas compris ! Vos actes sont injustifiables.

— Si c'est votre opinion, dénoncez-moi à la police.

— Je ne mange pas de ce pain-là. Dénoncez-vous tout seul.

— Je n'ai de comptes à rendre qu'à Dieu.

— C'est commode !

— Non, ce ne l'est pas.

— Dieu qui, par le truchement de votre confesseur, vous absout pour de l'argent !

— Non, pour de l'or.

— Arrêtez, je vous en prie.

— Cela n'a rien à voir. L'argent est chose misérable et je ne le respecte pas. L'or est sacré.

— Et cela suffit à nettoyer votre conscience ? Vous vous sentez bien quand vous vous regardez dans le miroir ?

— Je me trouve quelconque.

— Vous avez l'air quelconque. S'il y avait une justice, les gens de votre espèce auraient le visage qu'ils méritent.

— J'ai le visage que je mérite. Je suis quelconque.

— Vous allez sans doute me parler de la banalité du mal. J'ai horreur de cette théorie.

— Procès d'intention. Je n'allais pas vous en parler. Maintenant que vous connaissez mes talents culinaires, voulez-vous m'épouser ?

— C'est plus fort que vous, la bouffonnerie, n'est-ce pas ?

— Je suis sérieux.

— Non, je ne vais pas vous épouser. On n'épouse pas pour un gâteau.

— Le motif serait joli.

— De toute façon, moi, je n'épouse pas. Ni vous, ni personne.

— Pourquoi ?

— C'est mon droit.

— Oui. Mais pourquoi ?

— Rien ne m'oblige à vous l'expliquer.

— S'il vous plaît, dites-moi.

— Vous avez votre chambre noire où personne ne peut aller. Mon absence de désir matrimonial, c'est ma chambre noire à moi.

— Cela n'a rien à voir.

— Chacun place ses secrets où il veut.

— Vous n'avez vraiment rien compris. Vous me décevez.

— Ne vous croyez pas si mystérieux. Le coup de la chambre noire, on ne me le fait pas.

— Vous me décevez profondément.

— Tant mieux.

— Hélas, la déception ne guérit pas de l'amour.

— Si je finissais votre saint-honoré, cela vous guérirait-il de votre amour ?

— Non. Cela l'aggraverait.

— Flûte. C'est ce que j'ai envie de faire.

— Allez-y. De toute façon, je suis éperdument épris.

— Je vous ressers ?

— Non. Je suis trop abattu.

Saturnine s'attaqua sans autre manière au saint-honoré ou à ce qu'il en restait. Une fois repue, elle condescendit à reprendre :

— Avant-hier, quand je vous ai rencontré, vous aviez l'air très dépressif.

— Je l'étais. Seule l'extase amoureuse m'arrache à la dépression.

— Vous n'avez jamais pensé à consulter ?

— La colocation est une solution plus efficace et plus avantageuse.

— Voici encore une solution efficace et avantageuse, dit-elle en remplissant les flûtes de champagne.

Il but et soupira.

— Vous êtes merveilleuse, intelligente, belle et pleine de santé. C'est fou ce que je suis malchanceux avec les femmes.

— Rassurez-vous. Je ne resterai pas éternellement ici. Vous trouverez une colocataire tarée qui tombera amoureuse de vous.

— Je voudrais que vous restiez ici éternellement, dit-il avec solennité.

— Taisez-vous, vous me donnez froid dans le dos.

— Mais je ne vous coupe pas l'appétit.

— C'est très galant de le souligner.

— J'admire que vous mangiez tant et demeuriez si mince.

— Cela s'appelle la jeunesse. Vous vous souvenez ?

— Oui. On se sent indestructible et soudain, il suffit d'un rien – on sait aussitôt que c'est terminé.

— Allons, dit-elle en vidant le reste de la bouteille, on n'a pas le droit de sombrer dans la mélancolie quand on boit cet élixir. Dès demain, vous demanderez à Mélaine de passer commande chez Laurent-Perrier, Roederer, Dom Pérignon et toute la bande. Ne lésinez pas, vous avez les moyens. Une seule consigne : ne pas prendre de champagne rosé.

— Cela va de soi. Préférer la mièvrerie du rose au mysticisme de l'or, quelle absurdité !

— L'inventeur du champagne rosé a réussi le contraire de la quête des alchimistes : il a transformé l'or en grenadine.

Sur cette tirade, Saturnine disparut dans ses appartements.

Samedi, la jeune femme téléphona à Corinne et l'invita à découvrir son nouveau lieu de vie.

— Tu es sûre que je peux venir ?

— Rien ne s'y oppose. Tu as peur ?

L'amie débarqua dans l'après-midi. Saturnine lui fit visiter toutes les pièces de l'hôtel particulier. Elle s'arrêta devant une porte.

— La chambre noire ? demanda Corinne.

— Oui.

— À ton avis, qu'est-ce qu'elle cache ?

— Faut-il vraiment répondre ? Tu le sais aussi bien que moi.

— C'est terrifiant. Comment peux-tu rester avec ce psychopathe ?

— Ce type se nourrit de l'angoisse des autres, et des femmes en particulier. Je veux lui montrer qu'il ne m'impressionne pas.

— Pourquoi n'appelles-tu pas la police ?

— C'est drôle, il me l'a dit aussi. Je crois qu'il y a également, chez lui, le fantasme d'être livré à la justice.

— Ça prouve qu'il a mauvaise conscience.

— Penses-tu ? Verser de l'or à son confesseur lui suffit à se blanchir.

— N'es-tu pas tentée d'entrer ?

— J'en ai la curiosité, mais il m'est facile d'y résister. Tu peux être sûre qu'il y a des caméras de surveillance. Je n'ai pas envie de rejoindre ces malheureuses.

— Il me semble, moi, que j'irais la nuit dans un accès de somnambulisme. Saturnine, quitte cette demeure, je t'en prie !

— Suis-moi plutôt.

Elle mena Corinne dans ses appartements. L'amie en eut le souffle coupé.

— Enlève tes chaussures, marche dans la salle de bains.

Elle s'exécuta.

— Le sol est chauffé !

— Couche-toi sur le lit.

Corinne gémit de plaisir.

— Écoute le silence.

— Cinq cents euros par mois, répéta la jeune femme qui payait plus pour son 30 m^2 à Marne-la-Vallée.

Saturnine tira le cordon. Mélaine accourut.

— Je reçois une amie. Puis-je vous prier de nous apporter du thé ?

Cinq minutes plus tard, Mélaine installait une table basse avec une théière fumante, des tasses dorées et du cake aux fruits confits. Corinne attendit qu'il fût parti avant de dire :

— Je comprends tes arguments. Ce mec veut t'épouser ? Accepte. Et liquide-le ensuite.

— Tu veux que je l'imite, en somme ?

— Ce type a assassiné huit femmes !

— On ne se fait pas justice à soi-même.

— Tu es embêtante.

— Je n'ai pas envie d'aller en prison.

— Et si tu commettais le crime parfait ?

— Ça n'existe pas.

— Alors quoi ? Tu vas habiter avec ce cinglé sans rien faire ?

— Aussi longtemps que je suis là, il ne risque pas de zigouiller une nouvelle femme.

— Tu te sacrifies ?

Saturnine montra du menton le luxe ambiant et dit :

— Je n'appelle pas ça me sacrifier.

Elle servit le thé et coupa deux parts de cake. Avant de poser la sienne sur l'assiette, elle la mira et ajouta :

— Regarde. On voit la lumière en transparence des fruits confits. Les cerises ressemblent à des rubis, l'angélique à des émeraudes. Enchâssées dans la pâte translucide, on croirait un gemmail.

— Un quoi ?

— Un gemmail, c'est un vitrail en pierres précieuses. Et puis, tu poses la tranche sur l'assiette dorée et le trésor est complet.

— Je peux voler une soucoupe ?

— Non.

— Dommage. Je pourrais en tirer quelques billets.

Saturnine sourit. Cela lui faisait du bien, de revoir son amie ; cela la changeait de l'Espagnol. Elles bavardèrent pendant des heures. Elles eurent successivement 25 ans, puis 22, puis 18, puis 15. Quand Mélaine frappa, elles atteignaient 12 ans.

— Monsieur vous prie de partager son dîner.

— Je m'enfuis, dit Corinne.

— Non. Accompagne-moi.

— Je ne suis pas invitée.

— Je t'invite.

— J'ai peur.

— Chochotte !

Saturnine la prit par la main et la mena jusqu'à la cuisine. La jeune femme avait les yeux écarquillés de terreur.

— Don Elemirio, je vous présente Corinne, mon amie d'enfance.

— Bonsoir, mademoiselle. Acceptez-vous une flûte de champagne ?

— C'est que… je dois retourner chez moi. Je préfère ne pas rentrer trop tard, à cause du RER.

— Mon chauffeur vous reconduira.

— Tu vois ! dit Saturnine.

— Vous n'avez sûrement pas prévu assez de nourriture, bredouilla encore Corinne.

— Vous ne parlez pas sérieusement, protesta l'hôte.

— Depuis quand tu refuses du champagne ? demanda Saturnine.

Elle souleva la bouteille du seau à glace et s'exclama :

— Du Laurent-Perrier cuvée Grand Siècle ! Vous avez bien fait les choses ! Je débouche.

Effarée du ton de son amie pour s'adresser à un serial killer, Corinne le vit remplir trois flûtes en cristal de Tolède.

— À quoi buvons-nous ? interrogea don Elemirio.

— Comme hier : à l'or !

Corinne se demandait si Saturnine n'était pas devenue elle aussi timbrée. Le rituel, le ton glacial qu'elle ne lui connaissait pas, le luxe de l'endroit, l'homme qui regardait Saturnine comme une icône dans sa châsse, tout la sidérait, tout l'effrayait. L'Espagnol mit un troisième couvert et porta sur la table un plateau de homards. L'invitée avait si peur qu'elle s'écria :

— Des scorpions !

— Tu n'as jamais mangé de homard ? s'amusa Saturnine.

— Si. Bien sûr.

Ils commencèrent à manger. Corinne ne parvenait pas à décortiquer le crustacé. Son amie vint l'aider. En faisant craquer une articulation, elle envoya un jet de jus de homard dans l'œil de don Elemirio. Saturnine pouffa.

— Je vous supplie de m'excuser ! cria Corinne en tremblant.

— Tout va bien, dit l'hôte avec bienveillance. Depuis quand vous connaissez-vous ?

— Depuis l'athénée, dit Corinne.

— Pardonnez-moi ?

— L'athénée, reprit Saturnine, c'est l'école secondaire, en Belgique.

— Quel mot admirable ! Vous avez donc été placées toutes les deux sous l'égide d'Athéna.

— En effet, dit Saturnine. Athéna, déesse de l'intelligence. Méfiez-vous, don Elemirio.

— Que faites-vous ? demanda l'homme.

— Je travaille à Euro Disney.

— De quoi s'agit-il ?

— C'est un parc d'attractions. J'organise les files au palais de l'Épouvante.

— Quel étrange destin vous a-t-il conduite du culte d'Athéna au palais de l'Épouvante ?

— J'ai d'abord travaillé à Walibi, en Belgique. Et puis, j'ai eu cette possibilité d'aller à Euro Disney. C'est mieux payé.

— Aimez-vous votre travail ?

— Non.

— Pourquoi l'exercez-vous, en ce cas ?

— C'est mieux que caissière à Carrefour.

Don Elemirio considéra les deux jeunes femmes, l'air de s'interroger sur ce qu'elles pouvaient avoir en commun. Saturnine le détesta. Corinne perçut sa perplexité et dit :

— À douze ans, Saturnine était déjà la première et moi la dernière de la classe.

— J'étais le dernier de la classe, moi aussi.

— Oui, mais vous, vous pouviez, ce n'était pas grave, dit Corinne.

Saturnine éclata de rire.

— Pardon. J'ai dit quelque chose d'impoli ? bafouilla Corinne.

— Non, tu as juste dit la vérité.

L'estomac noué, l'invitée cessa vite de manger.

— Est-ce que je peux fumer ? demanda-t-elle.

— Je vous en prie, dit-il.

Elle sortit de sa poche son paquet de cigarettes et son briquet. Saturnine et don Elemirio en acceptèrent. Chacun apprécia sa cigarette en silence, en regardant les deux autres. Ce moment fut étrangement agréable. Quand Saturnine prit congé de son amie, celle-ci lui dit :

— Comment tu lui parles !

— C'est ce qu'il mérite, non ?

— Oui. Tu sais, il est plutôt sympa.

— Tu trouves ?

— Tu ne vas pas tomber amoureuse de lui ?

— Tu es malade ?

Elles s'embrassèrent. Corinne entra dans la Bentley qui s'éloigna.

— J'ai beaucoup aimé votre amie, déclara don Elemirio à Saturnine, le lendemain soir.

— Ça ne mange pas de pain.

— Encore un belgicisme ?

— Non. C'est en France que je l'ai apprise, cette
expression. Ça signifie que vous pouvez vous permettre d'apprécier Corinne : vous ne prenez aucun
risque, ça ne prête pas à conséquence.

L'Espagnol ignora cette vacherie.

— Elle revient quand elle veut, dit-il.

— J'y compte bien.

— Vous ne m'aimez pas, n'est-ce pas ?

— On ne peut rien vous cacher.

— Pourquoi ?

— J'imagine le docteur Petiot posant la même
question à une nouvelle femme.

— C'est dimanche. Je ne vous ai pas vue à la messe,
ce matin.

— Je ne crois pas en Dieu.

— Comment est-ce possible ?

— Croiriez-vous en Dieu, si vous n'aviez pas à ce
point besoin de son pardon ?

— J'ai la foi depuis toujours.

— C'est votre éducation.

— Non. C'est viscéral.

— Pourquoi cela ne vous a-t-il pas empêché de… laisser libre accès à la chambre noire ?

— Quel rapport ?

— Pourquoi n'avez-vous pas protégé ces femmes contre elles-mêmes ? Le catholicisme, c'est une religion d'amour, non ?

— L'amour est une question de foi. La foi est une question de risque. Je ne pouvais pas supprimer ce risque. C'est ce que Dieu a fait au Jardin. Il a aimé sa créature au point de ne pas supprimer le risque.

— Logique aberrante.

— Non. Preuve suprême d'estime. L'amour suppose l'estime.

— Donc, vous vous considérez comme Dieu ?

— Aimer, c'est accepter d'être Dieu.

— Vous êtes bon pour l'asile.

— Qu'est-ce que l'amour pour vous ?

— Je ne sais pas.

— Vous voyez, vous critiquez, alors que vous n'avez rien à proposer.

— Je préfère mon absence de proposition.

— Vous n'avez jamais aimé ?

— On peut le dire.

— Vous verrez, quand cela vous arrivera, vous serez une inconnue pour vous-même.

— Sans doute. Mais je ne serai pas comme vous.

— Comment pouvez-vous l'affirmer ?

— J'ai connu des gens qui aimaient. Tous n'étaient pas des monstres.

— Vous m'aimerez.

— Comment pouvez-vous être si sûr de vous ?

— Aimer, c'est accepter d'être Dieu.

— Si c'était vrai, ceux qui aiment seraient aimés en retour.

— Non. Dieu n'est pas toujours aimé. Mais vous, vous êtes trop sublime pour ne pas aimer Dieu.

— Adoptons votre logique. Si je vous aimais, j'accepterais aussi d'être Dieu. Et si j'étais Dieu, je vous enverrais en enfer, auquel je ne crois pas, mais auquel vous croyez.

— Non, si vous étiez Dieu, vous auriez pitié de moi.

— Avez-vous eu pitié, vous, de ces pauvres femmes ?

— Bien sûr.

— Jésuite !

— Les Jésuites, je les aime bien, même si je préfère le tribunal de la Sainte Inquisition.

— Je pourrais rire de vos opinions, si je ne connaissais leurs sinistres conséquences.

— Que pensez-vous de l'indiscrétion ?

— Je vous vois venir.

— Répondez.

Saturnine soupira avant de dire :

— J'ai horreur de l'indiscrétion. C'est une bassesse.

— Vous voyez.

— Et pourtant, il y a pire que l'indiscrétion. Il y a ceux qui se croient autorisés à châtier les indiscrets. Vous ne m'aurez pas avec votre casuistique. Je ne connais rien de plus répugnant que votre complaisance envers vous-même.

— À ma place, quelle aurait été votre attitude ?

— J'aurais fermé à double tour la porte que je ne voulais pas voir franchie.

— Vous auriez renoncé à la confiance d'entrée de jeu ?

— J'aurais renoncé à l'angélisme. J'aurais accepté la nature humaine.

Il but une gorgée de Dom Pérignon 1976 d'un air méditatif et reprit :

— Si jeune et déjà revenue de tout !

— Voyez où votre optimisme béat vous a conduit.

— Bon. Imaginez : j'aurais suivi votre conseil, j'aurais fermé la porte à double tour. La colocataire aurait fouillé les moindres recoins, elle aurait bien fini par trouver la clef. Elle serait donc entrée dans la chambre noire. Quel aurait été, alors, votre comportement ?

— Rien.

— Comment cela, rien ?

— J'aurais été déçue. En colère. Triste. Mais je n'aurais rien fait.

— Nous nous comprenons.

Saturnine grimaça et déclara :

— Si nous n'étions pas en train de boire le meilleur champagne du monde, je quitterais la pièce face à tant de mauvaise foi.

— Emportez donc la bouteille dans vos appartements.

— J'ai horreur de boire seule. Je préfère encore la pire des compagnies.

— Que vous êtes superlative !

— Nous ne mangeons pas, ce soir ?

— Si. Il reste des scorpions, pour parler comme votre amie. Ils ne tiendront pas un jour de plus.

— Va pour les scorpions.

Don Elemirio alla chercher les homards dans le frigo.

— Ce que j'aime aussi, chez vous, c'est votre ton. Vous êtes une dominante. Vous m'ordonnez de commander du champagne. Vous dites : « Va pour les scorpions. » J'ai tant de volupté à vous obéir.

— Je ne suis comme ça qu'avec vous.

— Quelle élection !

— Vous suscitez tout naturellement cette attitude en moi.

— Ne serait-ce pas les prémices de l'amour ?

— Sûrement pas. Mais j'ai du plaisir à vous montrer que je n'ai pas peur de vous.

— Personne n'a peur de moi. Je suis doux comme un agneau.

— Vous rigolez ? Corinne tremblait de peur face à vous.

— Cette disciple d'Athéna ? Cette vestale du palais de l'Épouvante ?

— Et pourtant, elle n'est pas du genre craintif. Toutes les femmes ont peur de vous. C'est ça qui les attire, bien plus que votre grandesse.

— Vous, vous n'avez pas peur de moi. Si vous n'avez pas peur de moi, c'est parce que vous sentez que je suis inoffensif.

Saturnine leva les yeux au ciel et continua de décortiquer le homard.

— D'où vous vient ce joli prénom ?

— Du dieu Saturne, équivalent latin du grec Cronos, le Titan père de Zeus.

— On ne se refuse rien chez vous.

— Ça vous va bien de dire ça. L'adjectif saturnien s'oppose à l'adjectif jovial. Saturne était réputé triste, au contraire de son fils Jupiter le joyeux qui prit sa mélancolie en grippe et chassa du ciel le vieux Saturne.

— Ayez des enfants. Êtes-vous mélancolique ?

— Non.

— Cela viendra peut-être.

— Que signifie Elemirio ?

— Je l'ignore. Les étymologies arabes sont si difficiles à saisir.

Il remplit la flûte de la jeune femme qui s'en empara aussitôt.

— C'est du velours, ce champagne. Du velours doré. Incroyable, dit-elle.

Le lendemain, en rentrant de l'École du Louvre, Saturnine trouva sur son lit un carton. À l'intérieur, une longue jupe en velours doré et un mot : « En souvenir du champagne d'hier soir. J'espère qu'elle est à vos mesures. » Signé : don Elemirio Nibal y Milcar.

L'espace d'une seconde, Saturnine se demanda si elle pouvait accepter. Elle balaya cette pensée inhumaine : la somptueuse étoffe lui inspirait un désir qu'elle aurait pleuré de ne pas satisfaire. Elle se déshabilla.

Dans l'armoire, elle saisit un corsage noir qu'elle enfila, puis elle revêtit la jupe en retenant son souffle : elle épousait si parfaitement sa taille qu'elle eut l'impression d'une étreinte amoureuse. Des bottines noires à hauts talons complétèrent l'ensemble.

La psyché lui renvoya une image saisissante. « Je n'ai jamais porté un vêtement aussi élégant de ma vie », songea-t-elle.

Elle passa un temps interminable à contempler son reflet et surtout à caresser ce velours : elle en frémissait de plaisir. L'or de la jupe chatoyait autour d'elle.

Quand Mélaine l'appela pour dîner, Saturnine

courut rejoindre l'Espagnol. Il la regarda comme si c'était une apparition.

— Vous êtes parfaite ! clama-t-il.

— Vous avez deviné mes mensurations. On sent l'homme à femmes.

— Si vous saviez comme ce terme ne me convient pas.

— À ma connaissance, vous avez eu au moins huit femmes. Ce n'est pas rien.

— Qu'appelez-vous « avoir une femme » ?

— Ça devient déplacé, cette conversation. Où avez-vous trouvé cette superbe jupe ?

— Je l'ai confectionnée de mes mains.

Saturnine se figea d'incrédulité.

— La couture est l'une de mes passions. Quand je me suis retiré du monde, je venais d'acheter une machine à coudre. Les vêtements d'aujourd'hui me désespèrent par leur vulgarité. Ceux que je porte sont quelconques, me direz-vous. Il y a vingt ans déjà, ce quelconque était devenu introuvable. Ce pantalon représente trois heures de travail. Hier matin, j'ai envoyé Hilarion à la recherche du plus beau velours doré. Cinq heures plus tard, Mélaine posait sur votre lit mon œuvre. Nous pourrions la baptiser la « jupe champagne ».

— Permettez, la jupe Dom Pérignon.

— Après cinq heures de couture, je n'avais plus la force de cuisiner. Mélaine nous a rapporté de bonnes choses de chez Petrossian : caviar, blinis, crème aigre et vodka. M'en voulez-vous si nous nous passons de champagne ce soir ?

— Vous plaisantez. J'ai toujours rêvé d'un dîner caviar-vodka.

60

— Et puis, votre jupe joue le rôle du champagne. J'ai observé que vous ne vous serviez pas du frigo que j'avais mis à votre disposition. J'y ai donc entreposé une partie de notre stock.

Il l'ouvrit pour en montrer à Saturnine le contenu : l'éclairage électro-ménager révéla la présence d'une population importante de bouteilles des meilleures maisons.

— Un frigo à champagne ! s'écria-t-elle.

— Vous en prenez quand vous voulez. Un conseil, dit-il encore. N'attendez pas d'avoir dégluti le caviar pour boire la vodka. L'idéal est de faire exploser les petits œufs sous ses dents en les mêlant à l'alcool glacé.

Elle s'appliqua à suivre le protocole avec délice.

— Vous avez raison, c'est infiniment meilleur. À ce compte-là, nous finirons ivres morts.

— La très sainte Russie nous y contraint, souligna don Elemirio.

Saturnine se concentra sur son plaisir. Il n'y a pas plus excitant qu'un tel repas. Une demi-heure plus tard, elle se sentit la proie d'une euphorie extraordinaire.

— Vous êtes riche, vous disposez d'un logement pharaonique au cœur de Paris, vous cuisinez bien, vous cousez comme une fée : vous seriez l'homme idéal, n'était votre… vice.

— Le trafic des indulgences ?

— Voilà, dit-elle en riant.

— Parmi mes qualités, vous avez oublié de mentionner que je suis l'homme le plus noble du monde.

— Je range ça au nombre de vos défauts. En soi, ça m'est égal, mais que vous en soyez si fier, c'est rédhibitoire. Avez-vous confectionné des vêtements pour chacune de vos femmes ?

— Bien sûr. Penser un habit pour un corps et une âme, le couper, l'assembler, c'est l'acte d'amour par excellence.

À la faveur de l'alcool, Saturnine avait baissé sa garde. Elle le laissa parler :

— Chaque femme appelle un vêtement particulier. Il faut une suprême attention pour le sentir : il faut écouter, regarder. Surtout ne pas imposer ses goûts. Pour Émeline, ce fut une robe couleur de jour. Ce détail du conte *Peau d'Âne* l'obsédait. Encore fallait-il décréter de quel jour il s'agissait : un jour parisien, un jour chinois, et en quelle saison ? Je dispose ici du *Catalogue universel des coloris*, taxinomie établie en 1867 par la métaphysicienne Amélie Casus Belli : une somme indispensable. Pour Proserpine, ce fut un chapeau claque en dentelle de Calais. Je me suis arraché les cheveux pour conférer à ce matériau fragile la raideur, mais aussi la capacité d'escamotage que suppose le chapeau claque. J'ose dire que j'y ai réussi. Séverine, une Sévrienne un peu sévère, avait la délicatesse d'un Sèvres : j'ai créé pour elle la cape catalpa, dont l'étoffe avait le bleu subtil et le tombé des fleurs de cet arbre au printemps. Incarnadine était une fille du feu : cette créature nervalienne méritait une veste flamme, véritable pyrotechnie d'organdi. Quand elle la portait, elle m'incendiait. Térébenthine avait écrit une thèse sur l'hévéa. J'ai fondu un pneu pour en récupérer la substance ductile et réaliser une ceinture-corselet qui lui conférait un port admirable. Mélusine avait les yeux et la silhouette d'un serpent : je la complétai d'un fourreau sans manches, à col roulé, qui descendait jusqu'aux chevilles. J'ai failli apprendre à jouer de la flûte pour la charmer, quand elle était ainsi vêtue. Albumine, pour des motifs que je ne crois pas devoir expliquer, fut la raison suffisante à l'existence d'un chemisier coquille d'œuf au col meringue, en polystyrène expansé : une véritable fraise. Je suis pour le retour de la fraise espagnole, il n'y a pas plus seyant. Quant à Digitaline, une beauté vénéneuse, j'ai inventé pour elle le gant mesureur. De longs gants de taffetas pourpre qui remontaient au-delà du coude et que j'avais gradués pour illustrer l'adage latin de Paracelse « *Dosis sola facit venenum* » : Seule la dose fait le poison. Pourquoi riez-vous ?

— Le pronostic est imparable : après moi, votre colocataire s'appellera Margarine et vous dessinerez pour elle un manchon de pure graisse.

— Vous n'avez pas le sens du sacré.

— Pardonnez-moi, c'est l'excès de vodka. Alors, vous vous souvenez de toutes vos femmes ?

— Ce ne sont pas mes femmes. Il s'agit des femmes que j'ai aimées.

— Et qui furent toutes vos colocataires.

— Oui. La colocataire est la femme idéale. Enfin, presque.

— Ce presque est une macabre litote. Quand avez-vous commencé à recruter des colocataires, pour les nommer ainsi ?

— Il y a dix-huit ans. J'ai cessé de sortir il y a vingt ans. Le manque de femmes n'a pas tardé à me tarauder, mais il me fallait un dispositif. La solution m'est apparue en lisant le journal, ce qui ne m'arrive pas souvent : il y avait une rubrique « Colocation » dans les petites annonces. J'ai écarquillé les yeux. Il ne me restait plus qu'à publier ma petite annonce. Je ne m'attendais pas à un tel succès.

— Vos parents sont morts il y a vingt ans, n'est-ce pas ?

— Oui. Un tragique accident. Mon père, don Deodato Nibal y Milcar, adorait cueillir des champignons. Dans la forêt de Fontainebleau, il avait ramassé un plein panier de lépiotes couronnées qu'il avait cuisinées lui-même.

— Classique : c'était un champignon similaire, mais mortel, et vous étiez le seul à n'y avoir pas touché.

— Au contraire, j'en avais mangé plus que mes parents. Les indulgences m'ont sauvé.

— Je ne comprends pas.

— Je vous l'ai dit : quand je donne de l'or à mon confesseur, je digère tout. Mon père réprouvait le trafic des indulgences. Au milieu de la nuit, ma mère s'est plainte de douleurs d'estomac : les champignons avaient cuit dans du beurre. Mon père, qui ne se sentait guère mieux, est allé chercher du bicarbonate de soude. Sauf qu'il s'est trompé : au lieu du bicarbonate, il a pris les nitrates dont il se servait comme engrais pour ses rosiers. Il a administré une bonne dose de nitrates à son épouse, puis il a avalé sa part. Quelques minutes plus tard, une déflagration réveillait la maisonnée : mes parents avaient explosé.

— Pour de vrai ?

— Oui. Un spectacle poignant, ces morceaux de grands d'Espagne dans le lustre et le ciel de lit. C'est aussi pour cela que j'ai congédié toute la domesticité. Comment voulez-vous obtenir le respect d'une valetaille qui a ramassé les débris de votre ascendance ?

Saturnine réfléchit d'un air renfrogné avant de s'exclamer :

— Je ne vous crois pas. Vous devriez inventer des mensonges moins énormes. C'est vous qui avez assassiné vos parents !

— Vous êtes folle. Moi qui les adorais, nuire à mon noble père, à ma sainte mère ?

— Vous n'êtes pas à cela près.

— Arrêtez avec vos fantasmes. Vous m'offensez. J'ai fait enterrer mes parents dans l'intimité, au cimetière de Charonne. C'est la dernière fois que j'ai quitté le périmètre de cette demeure.

— Attendez, votre histoire ne tient pas debout. Vous n'avez pas pu récolter le témoignage de votre père, donc comment pouvez-vous savoir qu'il voulait ingérer du bicarbonate de soude ?

— En cas de mauvaise digestion, il ne jurait que par ce produit.

— Vous n'avez aucune preuve qu'il ait voulu prendre ce bicarbonate et qu'il l'ait confondu avec les nitrates.

— En effet. Mais c'est évident.

— Vous trouvez ?

— Les nitrates étaient placés juste à côté du bicarbonate, dans un bocal identique.

— Drôle de rangement.

— Non. Les rosiers étaient sur la terrasse attenante à la salle de bains.

— La police s'est-elle penchée sur cette affaire ?

— Oui. Elle a conclu à une indigestion.

— Vous ne lui auriez pas versé des indulgences, à elle aussi ?

— Le sujet ne prête pas à la plaisanterie. À la mort de mes parents, j'ai su que je ne vivrais pas comme eux. Ils sortaient et recevaient sans cesse. Je n'en avais ni la capacité, ni le désir. Je me suis installé dans cette existence autarcique. Mon ambition était de devenir un œuf.

— C'est là que vous avez été rattrapé par votre obsession des femmes.

— Obsession, le terme est exagéré. Disons qu'un œuf a besoin d'être couvé.

— Vous avez de ces métaphores.

— Quand j'ai passé la première petite annonce, quatre jeunes filles se sont présentées.

— Ça vous a donné un sentiment de pouvoir, ces castings, n'est-ce pas ?

— Je n'ai jamais eu l'impression de choisir. Comme dans votre cas, il y avait une évidence et il n'y en avait qu'une. Émeline n'était pas la plus belle, elle était la seule et elle était belle. Je me permets de vous faire remarquer qu'à l'époque, je n'avais pas cette réputation sulfureuse et que cela n'a pas empêché la gent féminine d'accourir.

— Moins nombreuse.

— Certes. Je suis tombé amoureux d'Émeline et elle aussi. Toutes mes colocataires se sont éprises de moi en moins de temps qu'il n'en faut pour le dire, sauf vous. Parfois, je me demande si ce n'est pas parce que vous êtes belge.

— Honneur à mon pays.

— Ne dit-on pas le « plat pays » ? N'y a-t-il pas une platitude belge ?

— C'est vous qui dites des platitudes.

— J'ai cru que ce bonheur serait perpétuel. Émeline était bassoniste. On n'entend jamais le basson sans un autre instrument. Les femmes, c'est un orchestre. On peut jouir de l'ensemble très longtemps. Et puis, un jour, on décide d'isoler une concertiste. On scrute et soudain, on repère la bassoniste tellement plus gracieuse et on décide de ne plus écouter que sa musique. Même en pleine symphonie, on n'entend plus que le basson. Bientôt, les violons, le piano et les voix résonnent comme une cacophonie et on prie la bassoniste de venir exécuter chez soi un solo éternel.

— Et c'est là que vous avez eu l'idée funeste de la chambre noire ?

— Vous simplifiez.

— En tout cas, les photos, c'est un bobard. Je ne vous ai jamais vu prendre de photos.

— J'attends l'inspiration.

— Vous n'avez pas les attitudes d'un photographe. Je vous ai observé. Jamais vous ne cadrez avec vos yeux, jamais vous ne vous taisez devant une image. Au contraire, vous parlez, vous parlez inlassablement. Je vous fiche mon billet que vous n'avez jamais touché un appareil photographique.

— Habile provocation pour que je vous montre mes clichés.

— Vous ne doutez de rien, vous. On devrait taxer l'autosatisfaction.

— Oui, l'idée de la chambre noire m'est venue à cette période. C'est logique. Un célibataire n'en a pas besoin. C'est quand on s'apprête à partager sa vie avec son amour que la nécessité apparaît. Je crois savoir que vous n'avez jamais aimé ; à plus forte raison, vous n'avez pas l'expérience de la cohabitation amoureuse. Eh bien, ce n'est pas si simple.

— Quand la chaumière comporte trente pièces comme ici, ce doit être un peu plus facile, non ?

— L'ambiguïté n'en est que plus grande. Où commence son territoire, où s'arrête celui de l'autre ? Il y a une géographie amoureuse qui vaut les cartographies guerrières. Il me semble que dans un studio, la menace de crise est si puissante que le couple fait d'emblée plus d'efforts : c'est une question de vie ou de mort.

— Avec vous surtout, c'est une question de vie ou de mort. Vous avez prouvé que cela dépendait du caractère et non de la superficie.

— Vous verrez quand cela vous arrivera. On croit que l'amour est fusionnel. Sous le même toit, il le devient beaucoup moins.

— C'est de votre faute. Si vous n'aviez pas sottement décidé de ne plus sortir de chez vous, vous n'auriez pas trouvé l'autre si encombrant.

— J'admire votre ton ex cathedra pour évoquer un sujet qui vous est étranger. Ne pensez-vous pas que tout être humain a droit à sa chambre noire ?

— Ce qui me choque, c'est d'en faire une menace.

— Tout droit implique une sanction en cas d'infraction. C'est ainsi.

— Une sanction qui ne soit pas disproportionnée. Dans votre système, la sanction est bien pire que le crime.

— Ce n'est pas de mon fait.

— Voilà pourquoi je refuse d'avoir cette conversation avec vous. Je finirais par croire en la génétique : vous êtes d'une mauvaise foi carthaginoise. Si vous n'êtes pas responsable, qui l'est ?

— Celle qui transgresse l'interdit.

— Réponse odieuse. Inhumaine.

— Réponse aristocratique.

— Votre attitude me rappelle celle d'une bande d'agriculteurs belges, il y a quelques années. Des enfants, lors d'un jeu, avaient saccagé un champ de maïs. Furieux, les fermiers leur avaient tiré dessus à la carabine, blessant grièvement plusieurs gosses. Aux informations télévisées, un journaliste avait interviewé des cultivateurs de la région : « N'est-il pas scandaleux de tirer sur des enfants ? » Chaque fermier avait répondu : « Fallait pas aller dans le maïs. » Votre attitude n'a rien d'aristocratique, c'est la logique des abrutis.

— La télévision belge m'a l'air bien divertissante.

— Je ne supporte pas vos échappatoires. Je vais me coucher.

Saturnine partit sans entendre ce que marmonnait Don Elemirio :

— Vous ne supportez pas mes échappatoires, mais c'est vous qui fuyez. Et comment pouvez-vous comparer mes secrets à du maïs ? Enfin, ma victoire de ce soir, c'est que vous portiez la jupe. Même si cela n'a sûrement pas pour vous le sens que cela a pour moi.

Tomber amoureux est le phénomène le plus mystérieux de l'univers. Ceux qui aiment au premier regard vivent la version la moins inexplicable du miracle : s'ils n'aimaient pas auparavant, c'était parce qu'ils ignoraient l'existence de l'autre.

Le coup de foudre à retardement est le plus gigantesque défi à la raison. Don Elemirio s'éprit de Saturnine quand il la découvrit sensible à l'alliage du jaune et de l'or. On peut comprendre l'irritation de la jeune femme : l'aimer pour cela ? Pour le coup, l'Espagnol n'y était pour rien. Les causalités amoureuses sont byzantines.

Saturnine rejoignit ses appartements et enleva sa jupe. C'est alors qu'elle remarqua la doublure du vêtement : don Elemirio avait choisi une étoffe jaune d'une délicatesse sans exemple. Elle se rappela son propos sur le jaune et l'or, et bien malgré elle, quelque chose grippa sa mécanique.

Elle s'assit sur le lit et caressa la doublure. Une transe d'une subtilité déchirante s'empara d'elle. Elle retourna la jupe de manière à faire rendre gorge à ce jaune. L'habit écorché montra ses tripes sublimes. La douceur de ce tissu exaspéra les mains, puis les joues, de l'éberluée.

À observer le travail du couturier, le point témoignait d'un équilibre idéal entre maîtrise et émotion. La jupe était parfaitement doublée, mais il était facile de déterminer des zones de trouble à la courbe de la hanche, au creux de la taille. La jeune femme se souvint de l'impression d'étreinte qu'elle avait éprouvée en refermant le vêtement sur son corps, quelques heures plus tôt. Existait-il un chamanisme de la machine à coudre ?

Désespérée, elle rangea le cadeau dans la penderie et décida de ne plus y penser. Elle se coucha, éteignit et ne pensa qu'à cela. « Quel raffinement, quelle sensibilité, quelle attention ! » s'attendrit-elle. La seconde suivante, elle se chapitrait : « Jamais je ne l'ai méprisé autant que ce soir ! Je lui ai rivé son clou, avec le champ de maïs ! Comme s'il y avait quoi que ce soit d'aristocratique à zigouiller ces pauvres femmes, dont l'unique crime était la curiosité envers un homme qu'elles avaient été assez bêtes pour aimer ! »

La nuit entière, Saturnine pensa en partie double, afin de se donner l'illusion de peser le pour et le contre, de maîtriser la situation. Quand on tombe amoureux, on négocie après coup avec soi-même, histoire de voir si on s'autorise cette absurdité. La jeune femme avait eu la malchance de s'éprendre d'un type franchement louche : la négociation fut donc houleuse – et inutile.

C'était fait.

Le lendemain matin, Saturnine n'ignorait plus rien de la gravité de son mal. Elle s'était surestimée en s'imaginant qu'elle ne risquait rien à côtoyer cet homme au quotidien. « Je suis une idiote comme les autres », enrageait-elle.

Elle ne cessait de ruminer cet accident. « Je ne porterai plus jamais cette jupe », se jura-t-elle dans le métro. À l'École du Louvre, elle enguirlanda un étudiant qui fumait.

— Qu'est-ce qui vous prend ? demanda le garçon.

— C'est interdit.

— Et alors ? Vous m'avez vu cent fois une cigarette à la main.

— C'est la fois de trop.

Elle se détesta d'être à ce point irritable. De retour dans ses appartements, elle se jeta sur le lit et essaya d'y voir clair. Elle ne voulait plus penser : elle y avait passé des heures, en vain. Après cette nuit blanche, ses yeux se fermèrent et la jeune femme sombra dans une inconscience pleine de phrases : « La mort n'est pas une disparition », « D'où tirez-vous que je les châtie ? », « Je suis doux comme un agneau », « Je suis inoffensif ».

Elle souleva les paupières et se parla à haute voix : « C'est vrai que je n'ai pas peur de lui. Et si j'avais raison ? »

Soudain, elle se redressa, les yeux écarquillés : « Il ne les a pas tuées ! Les colocataires ont disparu, ça les regarde, sans doute ne sait-il pas où elles sont ! Elles sont allées dans la chambre noire, elles l'ont déçu, mais il ne les a pas punies. C'est son mépris qui les a amenées à s'en aller. »

Toutes les conversations qu'ils avaient eues défilèrent. Même le sinistre « Si vous entriez dans cette chambre, je le saurais et il vous en cuirait » n'était pas une menace, mais un avertissement. Et si cette transgression leur avait porté malheur, don Elemirio n'y était pour rien. Que pouvait-il donc y avoir dans cette satanée chambre noire ? En tout cas, pas les huit cadavres, contrairement à ce qu'elle n'avait pas cessé de penser. Sans doute un secret terrifiant. Pourquoi l'Espagnol n'aurait-il pas le droit d'avoir un secret terrifiant ?

Saturnine se demanda s'il était possible de cacher un secret terrifiant sans être coupable. Il lui parut que oui. Par exemple, il aurait pu y conserver les preuves d'une atroce agression qu'il aurait subie. Ou alors, il aurait créé une œuvre d'art d'un goût abject, mais indispensable à son équilibre mental. Son imagination ne lui permettait pas de dénombrer toutes les hypothèses.

Combien de fois don Elemirio n'avait-il pas tenté de lui expliquer son innocence ? Elle n'avait jamais voulu l'entendre. Elle lui avait imposé le silence, elle l'avait injurié, elle avait médit de lui sans aucune preuve, et lui, il ne s'était pas même énervé d'être ainsi calomnié.

Saturnine en conclut qu'elle était amoureuse d'un malade mental, d'un homme infatué, d'un être parfaitement biscornu, mais pas d'un assassin. Et elle en éprouva, au-delà du soulagement, une joie inconnue.

« Garde la tête froide, songeait-elle. Tu passes d'un extrême à l'autre. S'il y a présomption d'innocence, il n'y a pas de certitude non plus. La seule vérité, c'est que tu ne sais pas à qui tu as affaire et que la prudence s'impose. »

Par où l'on voit que don Elemirio avait au moins raison sur un point : Saturnine était placée sous l'égide d'Athéna.

Quand on l'appela pour dîner, la jeune femme s'efforça d'arriver d'un pas paisible, veillant à paraître sous un jour naturel. Don Elemirio la regarda d'une façon qui, pour la première fois, ne lui sembla pas insolite.

— Vous ne portez pas votre jupe, aujourd'hui ?

— Pas tous les soirs, quand même, répondit-elle sèchement.

« Tu n'es pas forcée d'être à ce point désagréable », se chapitra-t-elle.

— Choisissez le champagne. Vous êtes chez vous.

Elle ouvrit le frigo consacré et lut les étiquettes avec intérêt.

— Taittinger-Comtes de Champagne, annonça-t-elle. Je débouche ?

— Je vous en prie.

Elle remplit les flûtes habituelles et vit combien leur cristal resplendissait. Ils portèrent leur toast habituel et goûtèrent.

— C'est mon préféré ! s'exclama-t-il.

Elle trouva ce champagne étonnant, mais un peu agressif. Elle tut cet avis, dans l'idée qu'un bémol aurait mouché l'enthousiasme de l'Espagnol.

— J'ai préparé de la zarzuela, dit-il.

— Qu'est-ce que c'est ?

— Pour simplifier, c'est de la paella sans le riz. Normalement, on y met beaucoup de homard, mais comme nous en avons mangé par deux fois il y a peu, j'ai remplacé cet ingrédient par des asperges.

— Je ne vois pas le rapport.

— Il n'y en a pas. C'est pour souligner l'absurdité du verbe « remplacer ». Le concept de remplacement est à la base du désastre de l'humanité. Regardez Job.

— Je ne vois toujours pas le rapport.

— Je vous sers généreusement, parce que j'ai remarqué que contrairement à la plupart des femmes, vous n'affectiez pas d'avoir un appétit lilliputien.

Saturnine, qui venait de tomber amoureuse, n'avait guère faim, mais décida de cacher ce symptôme.

— Vous me parliez de Job.

— Oui. Dieu lui enlève sa femme et ses enfants. Job commence par se révolter, puis il comprend que rien ne lui est dû et il déclare : « Loué soit le Seigneur. » Quand Dieu estime que Job a assez souffert, il lui rend non pas sa femme et ses enfants, mais une femme et des enfants. À aucun moment, Job ne se plaint : il accepte le remplacement. Par où l'on voit que l'humanité, c'était déjà n'importe quoi.

— Vous qui êtes catholique jusqu'aux dents, comment tolérez-vous qu'il y ait de telles atrocités dans la Bible ?

— C'est un livre réaliste. J'apprécie que notre texte sacré ne nourrisse aucune illusion sur la nature humaine.

— Et qu'il vous montre que Dieu est un salaud, cela ne vous dérange pas ?

— Je ne l'interprète pas ainsi. Pour moi, Dieu éprouve Job. C'est Job qui est un jean-foutre d'accepter le remplacement.

— Non. Job a peur, il constate que Dieu est un grand pervers, il n'ose pas protester. Il se dit que s'il se plaint, Dieu va encore sévir. De plus, je trouve révoltant que Dieu éprouve sa créature.

— On éprouve ceux qu'on aime.

— Non. On protège ceux qu'on aime.

— C'est de l'amour maternel, cela. C'est bon pour les enfants. Dieu s'adresse à une humanité adulte.

— Ah bon ? Alors, pourquoi Dieu se conduit-il de manière si infantile ? Il est susceptible, capricieux et revanchard.

— Dans l'Ancien Testament. Dans le Nouveau, il est admirable.

— Jésus l'est. Dieu le fait crucifier.

— Les hommes le crucifient.

— Dieu considère que c'est le prix à payer pour le rachat des péchés. C'est un salaud et un boutiquier.

— Vous devriez arrêter de blasphémer.

— Pourquoi ? Qu'est-ce que je risque ?

— Vous offensez Dieu.

— Il m'offense aussi. S'il m'a créée à son image, j'ai les mêmes droits que lui. Ce n'est pas vous qui me contredirez. Vous vous qualifiez de Dieu.

— Uniquement quand j'aime.

Là, Saturnine ne pouvait rien répondre. Elle bifurqua :

— Votre zarzuela, c'est trop bon. Je ne sais pas ce que ça donne avec le homard, mais avec les asperges, c'est formidable.

— C'est parce que je refuse le concept de remplacement. Regardez : je suis tombé amoureux de vous. Vous êtes ma neuvième colocataire. Vous ne remplacez pas les huit femmes qui vous ont précédée. Je continue de les aimer. À chaque fois, l'amour est neuf. Il faudrait un verbe nouveau à chaque fois. Pourtant, le verbe « aimer » convient, car il y a une tension commune à toutes les amours, que ce verbe est seul à exprimer.

Saturnine l'entendait décrire son propre état sans ciller.

— Auparavant, du temps où vos parents étaient en vie, avez-vous aimé ?

— Des ébauches. Le petit garçon, quand j'avais six ans, auquel j'avais offert l'argenterie familiale. Des flammes de cette espèce. Je le répète, il a fallu les colocataires pour que je découvre l'amour, le vrai. À se demander comment procèdent les autres. La colocation est sur ce point le schéma idéal, pour moi du moins.

— Du vivant de votre père, auriez-vous pu instituer cela ?

— Difficile. À supposer qu'il m'y ait autorisé, je n'aurais sans doute pas osé. Il faut reconnaître que les parents sont l'instance la plus anti-érotique du monde.

Saturnine pensait que de telles considérations rendaient Elemirio de plus en plus suspect et constatait avec dépit qu'elle cherchait désormais à l'innocenter.

— Je n'ai pas choisi l'asperge au hasard, dit don Elemirio. Vous ressemblez à une asperge. Vous êtes longue et mince, votre parfum n'en évoque aucun autre, et rien sur terre n'égale l'excellence de votre tête.

Le compliment, qui l'aurait exaspérée la veille, la troubla. Qu'il était odieux d'être amoureuse ! Elle se sentait à vif, à la merci de tout. Quelle poisse ! Elle se réfugia dans la flûte de champagne, en espérant que le vin ne diminuerait pas davantage ses défenses naturelles.

— Vous parlez peu, ce soir, dit-il.

— Je n'ai aucune conversation, je vous en avais averti. Ce n'est pas grave. Vous, comme toujours, vous parlez pour quatre.

— Uniquement quand j'aime. « C'est par l'abondance du cœur que la bouche parle », est-il écrit dans la Bible.

Saturnine le comprenait parfaitement. Si elle n'avait pas dû dissimuler, elle sentait qu'elle aurait été comme lui : il lui aurait suffi d'ouvrir les vannes et les mots auraient afflué sans fin. « Quand j'aurai la preuve de son innocence, je parlerai », se dit-elle. En quoi pourrait consister cette preuve ? Elle n'en avait aucune idée.

— Comment vous êtes-vous consolé de la... disparition de ces huit femmes que vous aimiez ? demanda-t-elle.

— Quand vous m'avez rencontré, avez-vous trouvé que j'avais l'air consolé ? Voici ma réponse : je ne me suis jamais consolé.

— Là, vous avez l'air consolé.

— Je ne le suis pas. Je vous aime, ce qui réquisitionne toute mon énergie au présent de l'indicatif. Cela occulte ma mélancolie sans l'effacer.

— C'est triste.

— Non. Je me réjouis que ces amours ne m'aient pas laissé indemne. Je chéris ces séquelles. Non seulement elles ne m'empêchent pas d'aimer à nouveau, mais elles nourrissent mon amour pour vous. C'est la grâce du deuil.

Le mot « deuil » la frappa. L'instant d'après, elle songea que l'usage d'un tel terme n'impliquait pas forcément la mort. Il suffirait qu'elle lui pose la question et il lui expliquerait. Avant, elle refusait de la lui poser parce qu'elle le croyait coupable. Maintenant, elle ne la lui posait pas parce qu'elle désirait trop son innocence.

— Êtes-vous un menteur ?

— Je ne mens jamais, dit-il aussitôt.

— Désolante réponse. Désormais, si je décèle la moindre divergence entre vos paroles et vos actes, je ne vous croirai plus.

— C'est la vérité, je ne mens jamais.

— Allons. On ment sans même s'en apercevoir. Inutile d'être un menteur pour mentir. Il m'est arrivé tant de fois, par exemple, de dire que j'avais bien dormi quand je n'avais pas fermé l'œil de la nuit. Je ne voulais pas mentir, je voulais qu'on me fiche la paix, je voulais qu'on ne me plaigne pas. Tout le monde ment de cette manière.

— Comme c'est curieux. Pas moi.

— Vous ne m'aidez pas. Comment vais-je faire, à présent, pour vous croire ?

— La question est réglée depuis longtemps. Vous ne me croyez pas.

— Détrompez-vous. Depuis cette nuit, j'ai décidé de vous croire.

« Voilà. Je me suis déclarée. On parie combien qu'il ne va pas le remarquer ? »

Il la considéra et se tut anormalement longtemps avant de dire :

— Merci. Que s'est-il passé, cette nuit ?

— J'ai vu la doublure de la jupe que vous m'avez confectionnée.

Il sourit.

— Vous n'imaginez pas le travail que cela représente.

— La couture…

— Non, la couleur. Dire « une doublure jaune », cela revient à dire « une belle fille » : cela n'a aucune signification. La beauté est un concept aussi ambigu que le jaune.

— Vous disposez de ce catalogue du XIXe siècle dont vous m'avez parlé.

— La taxinomie de Casus Belli présente, selon moi, une lacune pour le jaune. C'est la couleur la plus subtile, sans doute parce que c'est celle qui se rapproche le plus de l'or. Amélie Casus Belli distingue 86 jaunes, tous nommés.

— Vous n'y avez pas trouvé votre bonheur ?

— Trois jaunes y sont presque : le jaune banane, le jaune d'œuf, le jaune renoncule.

— Les avez-vous mélangés ?

— C'est l'illusion des ignorants, de croire que mêler trois approximations va donner l'idéal. Les mélanges de couleurs aboutissent toujours à d'horribles purées. Il n'y a rien de plus divin que la pureté d'un coloris. Pour vous, j'ai inventé le 87e jaune, celui de votre doublure. Je l'ai créé par ce procédé mathématique appelé asymptote. Une couleur est une

83

courbe, l'asymptote est la droite qui s'en rapproche le plus. C'est ainsi que dans mon nuancier intime, j'ai forgé le jaune asymptotique. Un tel jaune relève de la métaphysique : c'est un miracle que j'ai réussi à fixer. La diaprure de l'acétate se prêtait à la matérialisation de ce jaune.

« J'aurais dû parier, pensa Saturnine. Il n'a rien compris. Il s'emballe sur son jaune comme un furieux. »

— C'est fascinant, dit-elle poliment.

— N'est-ce pas ? Savez-vous que le jaune est la couleur de la princesse de Clèves ?

— Vous lisez aussi les classiques français ? arriva-t-elle à murmurer pour ne pas déchoir du rôle qu'elle tenait.

— Seulement ceux dont les héros revêtent la fraise, symbole du génie espagnol. Bref, le duc de Nemours porte les couleurs de la princesse de Clèves, et c'est ainsi qu'elle se sait aimée de lui. Plus loin, Nemours l'observe, dans sa chambre, en train de nouer des rubans de ce même jaune autour de la canne qu'elle lui a subtilisée. Ce qui est formidable, c'est qu'il trouve aussitôt la traduction exacte de son comportement : elle est amoureuse de lui. Je suis persuadé qu'il s'agit du jaune asymptotique que je viens de réinventer.

« Peut-être a-t-il compris, finalement », pensa-t-elle.

— Vous n'êtes pas si différente, à votre manière, de la princesse de Clèves, conclut-il.

Le terrain était miné. Saturnine prétexta la fatigue pour filer à l'anglaise.

La nuit précédente avait été blanche. Par réaction, celle-ci fut noire : la jeune femme sombra dans le sommeil comme dans un puits. Au matin, elle se sentit mieux disposée à raisonner.

« Hier soir, il a été aussi suspect qu'on peut l'être. Je dois adopter son système de références, sinon je ne comprendrai jamais rien à son comportement », songea-t-elle.

Quand elle eut terminé de donner ses cours, elle rentra chez Nibal y Milcar et se promena dans chaque pièce autorisée, en observant les moindres détails. Elle en tira une insatisfaction si profonde qu'elle ne put se retenir de frapper à la porte de la chambre de don Elemirio.

Elle trouva l'Espagnol en train de jouer au chef d'orchestre, alors qu'il n'y avait aucune musique. « Complètement timbré », pensa-t-elle. Il ne s'interrompit pas et la laissa examiner soigneusement les recoins, la salle de bains, l'intérieur des armoires.

Le soir, au dîner, il dit :

— Il m'a semblé vous apercevoir cet après-midi.

— Oui. J'ai visité toutes les pièces de cette demeure.

J'y ai vu des armures en or, une collection de fraises, des incunables chimériques. Hélas, je n'ai pas trouvé ce que je cherchais.

— Goûtez-moi ce plat de mon invention : l'anguille sous roche.

Elle se servit sans commentaire.

— Vous ne mentez jamais, dit-elle. Vous êtes donc réellement photographe. J'essaie de réfléchir avec votre cerveau, ce n'est pas facile. Si j'étais photographe et si j'avais aimé passionnément huit femmes, je les aurais photographiées. Or je n'ai pas vu l'ombre d'une photo de femme dans ce logis, ni d'ailleurs aucune photo.

— Elles sont dans la chambre noire, répondit-il.

— Une chambre noire, c'est le lieu où l'on développe les photos.

— C'est aussi là que je les expose.

— Vous avez interdit l'accès à cette chambre.

— N'est-ce pas ma plus grande vertu ? Quoi de plus assommant que ces photographes qui tiennent absolument à vous montrer leurs œuvres ? Si encore ils appelaient cela ainsi. Mais non, ils ne veulent pas montrer leurs œuvres, ils veulent partager leur travail. C'est insupportable.

— J'aimerais voir des photos prises par vous.

— Je viens de vous dire que c'était impossible.

— N'avez-vous jamais photographié autre chose ?

— Quelle idée ! Non, bien sûr.

— Pour vous exercer ?

— Quoi de plus vulgaire que la notion de brouillon ? Je suis fier d'avoir pris exactement huit photos dans ma vie.

— Une photo par femme ? Pas plus ?

86

— Surtout pas. La vraie preuve d'amour ne consiste pas à multiplier les images, mais à en créer une seule, parfaite.

— Une femme a tant de visages. J'imagine qu'une femme aimée en a encore plus. Comment choisir un visage parmi tant d'autres ?

— Le choix s'impose à qui sait attendre.

— Vous êtes bien mystérieux. Mon tour viendra, n'est-ce pas ?

Don Elemirio frémit.

— Que voulez-vous dire ?

— Vous me répétez à tout bout de champ que vous m'aimez. Donc, vous allez me photographier. Votre méthode de travail, je finirai forcément par la connaître.

Silence.

— Ça ne vous frustre pas, de ne pas les montrer, ces photos ?

— Si cela me frustrait, je ne les cacherais pas, et vous savez que le mauvais moment, en société, c'est quand on sort l'album de famille.

— Parce que les photos sont trop nombreuses. Avec vous, il n'y en aurait que huit.

— Huit occasions d'entendre des bêtises.

— Et si j'avais l'œil idéal ?

— Quand vous l'auriez, cela ne m'apporterait rien.

— Si : un regard extérieur sur votre œuvre. Ne pensez-vous pas que tout artiste en a besoin ?

— Non. Et surtout pas un photographe. C'est l'art auquel le secret convient le mieux. Un musicien ou un chorégraphe souffrirait, je crois, de ne pas partager sa création. Un écrivain aime qu'on lui parle de ses textes. Le photographe ne jouit jamais autant que de son propre regard.

— Quelle conception autiste de la photographie !

— Tous les photographes sont autistes. S'ils en étaient conscients, ils nous épargneraient bien des vernissages.

Saturnine cessa de manger et réfléchit.

— Si l'interdit de la chambre noire concerne ces huit clichés, ma question est celle-ci : la punition consiste-t-elle à voir les photos ?

— Voir les photos d'autrui est toujours une punition.

— Cessez de vous réfugier dans des généralités. Je veux savoir si la menace est extérieure à la photo ou si elle est la photo en elle-même.

— Vous parlez un langage incompréhensible. Vous voulez devenir critique d'art ?

— Je suis sûre que vous voyez où je veux en venir.

— Vous me surestimez : je pratique la photographie de manière instinctive. Je sais quelle émotion je veux me donner à moi-même.

— Allez-vous souvent contempler votre œuvre dans la chambre noire ?

— Non.

— Personne ne les voit, alors, ces photos !

— Qui vous dit qu'une photo souhaite être vue ?

— Tant que vous y êtes, allez jusqu'au bout et ne les développez pas.

— Plus d'un grand photographe a déjà appliqué cette théorie. Comment s'appelait ce Catalan qui disait : « Je sais que l'image est dans la boîte et je l'ai tellement préméditée que je n'ai pas besoin de la voir pour savoir comment elle est » ?

— Un précurseur du numérique, en somme.

— Je ne comprends pas.

— Vous n'avez jamais entendu parler de photo numérique ?

— Qu'est-ce donc ?

— Après tout, vous vivez très bien cette ignorance. Possédez-vous un ordinateur ?

— Non.

— Un téléphone cellulaire ?

— Pour quoi faire ? Je ne sors jamais.

— Vous écoutez la musique sur quel support ?

— La collection de 33-tours des Nibal y Milcar est en parfait état.

— Notez que ça revient à la mode. Regardez-vous des DVD ?

— Mes parents avaient un téléviseur. Je l'ai conservé. L'appareil est un support idéal pour ma collection de Vierges de Salamanque.

— Quel rapport entre les DVD et la télévision ?

— En faudrait-il un ?

— Très juste. Jusqu'où pourrais-je jouer à ce petit jeu avec vous ?

— Je n'ai plus mis le nez dehors depuis 1991. Vous pouvez remonter jusque-là, je crois.

— En 1991, et même avant, beaucoup de gens avaient un ordinateur.

— La grandesse s'en passe.

— La grandesse est analogique. Mais ces femmes qui ont partagé votre vie ces vingt dernières années, elles recouraient aux technologies modernes ?

— Je ne leur interdisais pas.

— N'ont-elles pas cherché à vous initier ?

— Peut-être. Je ne m'en suis pas rendu compte.

— Qu'avez-vous comme appareil photographique ?

— Un Hasselblad. J'ai un stock de pellicules supérieur à ma consommation.

— Le temps de pose est long, non, avec cet appareil ? Pas facile, pour un portrait.

— En effet. Mais en huit séances, j'ai progressé.

Saturnine fut prise d'une quinte de toux qui finit en hoquet.

— Vous n'avez fait que huit séances dans votre existence ? Vous n'avez pris que huit photos ?

— Je n'ai appuyé sur le déclencheur que huit fois.

— Moi qui suis nulle en photo, j'ai appuyé sur le déclencheur beaucoup plus souvent.

— C'est peut-être pour cela que vous êtes nulle en photo. Vous n'avez pas pris conscience de l'impact de ce geste. Quelle que soit la discipline, le meilleur moteur est l'ascèse. À celui qui veut écrire, offrez peu de papier. Au cuisinier en herbe, proposez trois ingrédients. Aujourd'hui, les débutants de tout poil reçoivent une débauche de moyens. Cela ne leur rend pas service.

— Huit femmes, ce n'est pas si peu.

— Pour l'amour ou pour la photographie ?

— Laquelle de ces deux disciplines vous importe-t-elle davantage ?

— Je les différencie à peine. Le but de l'amour me semble d'aboutir à une photo, une seule, absolue, de la femme aimée. Et le but de la photographie est de révéler l'amour que l'on éprouve en une seule image.

— Vous me donnez de plus en plus envie de les voir, ces huit photos.

— Vous ne les verrez pas.

— Vous m'aimez. Vous me photographierez. Au moins, je saurai comment vous procédez.

Saturnine trouva à son hôte un air évasif mais continua :

— Quand j'étais petite, j'ai reçu un Polaroïd. C'est l'appareil dont je me suis le plus servie. Quel plaisir !

— C'est étrange que vous m'en parliez, dit don Elemirio qui semblait très ému. Ma mère me photographiait avec un Polaroïd. Elle me laissait arracher le cliché qui jaillissait du boîtier et, ensemble, nous regardions apparaître l'image. Je ne connais rien de plus mystérieux que ce passage du néant au visage. Je tremblais dans l'entre-deux : soudain, on voyait surgir quelqu'un sur la photo. J'y voyais la matérialisation de la théorie catholique des limbes. Cette figure d'enfant qui prenait trait, c'était moi, au sortir des limbes.

— Le Polaroïd au service des dogmes chrétiens, c'est vous tout craché. Et le Hasselblad, quel dogme illustre-t-il ?

— L'immortalité de l'âme, répondit-il comme une évidence. Et la résurrection des corps.

Saturnine se réveilla au milieu de la nuit. Comment avait-elle pu laisser passer de telles paroles sans réagir ? Maintenant, son esprit se mettait à bouillonner. Elle ne pourrait attendre l'heure du dîner pour questionner don Elemirio.

« Après tout, je sais où est sa chambre, pensa-t-elle. Qu'est-ce qui m'empêche d'y aller ? Ce serait un autre homme, j'aurais peur qu'il n'en profite. Lui, ça n'a pas l'air d'être sa méthode. »

Ce n'était pas un projet sans danger, mais si elle ne le tentait pas, elle était sûre de devenir folle avant le matin. Le risque en valait la chandelle. Elle revêtit un kimono par-dessus sa nuisette et déambula dans les couloirs obscurs. Son cœur battit très fort quand elle entra dans les appartements de l'Espagnol.

Il dormait sur le dos, les mains jointes sur la poitrine. Cette position de gisant accentuait la sérénité de ses traits. Il n'avait pas la bouche ouverte. Par conséquent, le sommeil ne lui donnait pas l'expression stupide du dormeur lambda. Pour la première fois, Saturnine le trouva beau. Mais elle n'était pas venue pour s'attendrir et l'éveilla sans douceur.

Il alluma et s'assit dans son lit. Elle vit qu'il portait

une chemise de nuit blanche, comme les hommes du passé.

Ahuri, il regarda la pendule.

— Que faites-vous dans ma chambre à 2 heures du matin ? Savez-vous qu'avec tout autre homme que moi, une telle attitude vous exposerait à un grave danger ?

— Avec vous, cela m'expose à un danger très différent, je pense. Hier soir, à table, vous avez parlé de résurrection des corps. Cela signifie-t-il qu'au paradis, on revit dans le corps de sa jeunesse ?

— Vous me réveillez au milieu de la nuit pour parler de dogmes chrétiens ?

— Répondez.

— Oui, on peut dire cela de cette manière.

— Or, pour ressusciter, il faut mourir ?

— Bien sûr.

Saturnine se laissa tomber sur un fauteuil et soupira :

— Vous reconnaissez que ces huit femmes sont mortes.

— L'ai-je caché ?

— Il y avait une ambiguïté. On a parlé de disparitions ?

— Vous m'auriez posé la question, je vous aurais répondu.

Elle brandit un grand couteau à viande qu'elle avait eu la sagesse de prendre dans la cuisine.

— Ne déballez pas toute la vérité, sinon je n'hésiterai pas à m'en servir.

— Quelle personne singulière ! D'habitude, on menace les gens d'une arme pour les contraindre à parler. Vous, c'est le contraire. Mais si vous ne vouliez rien savoir, pourquoi m'éveillez-vous à 2 heures du matin ?

— Je voulais savoir si ces femmes étaient mortes.

— Vous semblez très affectée. Qu'espériez-vous ?

— J'espérais qu'elles avaient vu dans la pièce interdite une chose insoutenable. J'espérais qu'elles avaient choisi de disparaître pour ce motif.

— Il y a du vrai dans ce que vous avez dit.

— Mais tout ne l'est pas, n'est-ce pas ?

— En effet.

Saturnine prit son visage dans ses mains. Le contact de la lame sur la joue la ramena à la macabre réalité.

— Donc, vous n'êtes pas innocent.

— Vous souhaitiez que je le sois ? Je vous remercie.

Il eut un sourire merveilleux. Saturnine le détesta.

— L'unique possibilité d'innocence qu'il vous reste, c'est si ces femmes se sont suicidées.

— Le suicide est un crime ! protesta don Elemirio.

— Peut-être. Mais ce ne serait pas le vôtre.

— Je ne peux pas vous laisser accuser de crime ces huit femmes que je n'ai jamais cessé d'aimer.

— Ça vous va bien de les défendre ! s'offusqua-t-elle.

— Sauver la réputation des femmes que l'on a tuées, c'est une question de principe. À cause de moi, elles ne sont plus là pour se justifier.

— J'ai voulu que vous ne soyez pas un assassin. Je suis une idiote dans le style d'aujourd'hui. Récemment, un best-seller mondial a prétendu qu'il y avait des vampires gentils et innocents. Les gens ne sont jamais aussi contents, désormais, que quand on leur affirme que le mal n'existe pas. Mais non, les méchants ne sont pas de vrais méchants, le bien les séduit, eux aussi. Quelle espèce de crétins abâtardis sommes-nous devenus pour gober et aimer ces théories à la noix ? J'ai failli marcher, comme les autres.

— Au moins aviez-vous un noble motif pour vous illusionner de la sorte.

— Vous appelez ça un noble motif ? dit-elle rageusement.

— Aimer quelqu'un, c'est toujours noble.

— Arrêtez avec vos âneries !

— On peut aimer le mal, voilà tout.

— Taisez-vous ! dit-elle en brandissant le couteau.

— Du reste, affirmer que je suis le mal, c'est exagéré.

Saturnine s'avança jusqu'au lit et pointa la lame sur sa gorge.

— Je vous ordonne de vous taire !

— Est-ce ma faute si votre comportement m'excite à ce point ?

— Contentez-vous de répondre quand je vous interroge.

— Que voulez-vous savoir et que préférez-vous ignorer ?

Pour bien lui prouver qu'elle ne plaisantait pas, la jeune femme lui entailla légèrement la tempe et lui montra le sang sur la lame. Don Elemirio, fasciné, murmura :

— Carmin et argenté : le deuxième alliage de couleurs dans l'ordre de mes préférences.

Excédée, Saturnine s'assit sur le lit, sans lâcher l'arme maculée.

— On dirait que vous m'avez fait perdre mon pucelage, remarqua-t-il.

— Vous mentez. Vous ne les avez pas tuées. Vous en êtes incapable.

— Tout le monde est capable de tuer.

— Vous n'avez jamais vu de sang sur un couteau, c'est clair.

— Je ne pouvais pas les abîmer. Il fallait qu'elles soient intactes pour la photo.

— Vous les avez photographiées mortes ?

— Photographier une vivante, c'est trop difficile, cela bouge sans cesse.

— C'est pour ça que la lenteur du Hasselblad ne vous posait aucun problème.

— Comme quoi, il existe une solution à toutes les difficultés techniques.

Saturnine fronçait les sourcils en tambourinant de la lame sur les draps en lin blanc.

— Quel est l'intérêt de photographier une morte ?

— Le rôle de l'art est de compléter la nature et le rôle de la nature est d'imiter l'art. La mort est la fonction que la nature a inventée dans le but d'imiter la photographie. Et les hommes ont inventé la photographie pour capter ce formidable arrêt sur image qu'est l'instant du trépas. À se demander quel sens pouvait avoir la mort avant Nicéphore Niepce.

— Je comprends pourquoi je ne voulais pas de vos aveux. Vous y mettez une telle complaisance ! Comment les avez-vous tuées ?

— Il y a un mécanisme dans la chambre noire qu'il faut bloquer avant d'y entrer. Si on ne le bloque pas, la porte se referme et un compresseur se met en marche qui diminue la température ambiante jusqu'à moins 5 degrés.

— Elles sont mortes de froid ! Vous êtes d'une cruauté abominable.

— Le meurtre n'est pas un acte gentil. Je suis désolé. L'hypothermie n'abîme pas les corps.

— Quel narcissisme ! Punir de mort le fait d'avoir vu vos photos !

— Je trouve beaucoup plus narcissique de montrer ses photos.

— Vous rendez-vous compte du supplice que vous avez infligé à celles dont vous étiez soi-disant amoureux ? Qu'est-ce qui peut être pire que mourir de froid ?

— Ces femmes prétendaient m'aimer, elles aussi. Viole-t-on le secret de qui l'on aime ? Et même quand on n'aime pas ! Le secret ne mérite-t-il pas le respect ?

— Vous n'êtes pas respectable.

— Mon secret l'est. Tout secret l'est.

— Pourquoi ?

— Le droit au secret est imprescriptible.

— Que de grands mots dans la bouche d'un assassin !

— Assassin, au départ, je ne l'étais pas. J'étais seulement un homme qui tenait à son secret.

— Assassin, vous l'étiez déjà. Vous aviez tué vos parents.

— Arrêtez. Vous savez que je dis la vérité. Je n'ai pas tué mes parents.

— Au point où vous en êtes, qu'est-ce que ça change ?

— C'est très important. Quand j'ai averti Émeline de mon secret, j'étais sans tache. Ma parole méritait la considération. Et puis, tuer mon père et ma mère, c'eût été une erreur esthétique.

Saturnine lui enfonça la pointe du couteau dans la gorge sans l'entailler. Don Elemirio attendit qu'elle arrête, puis il se frotta le cou avec la main.

— J'ai failli jouir, soupira-t-il. Qu'allez-vous faire ?

— Rien. Je ne vous dénoncerai pas, parce que je ne suis pas de cette espèce. Et je ne partirai pas. D'abord, parce que je n'ai pas peur. Ensuite, parce que ma présence vous empêche de prendre une autre colocataire. Aussi longtemps que je vivrai ici, aucune femme ne risquera d'être votre victime.

— Je n'aimerai plus jamais après vous !

— Vous êtes particulièrement obscène quand vous abordez ce point. On jurerait Henri VIII !

— Comment osez-vous me comparer à ce grossier Tudor ?

— Posez-vous la question de savoir pourquoi j'ose. À votre avis, qu'est-ce qui suggère cette comparaison ?

— C'est totalement injuste. Ses motivations à lui étaient de la dernière vulgarité.

— Quand les vôtres sont tellement aristocratiques, n'est-ce pas ?

— Je suis heureux de vous l'entendre dire.

— Vous m'écœurez. J'espère qu'en demeurant dans cette maison, je vous pourrirai l'existence !

— Ce n'est pas en surgissant dans ma chambre, au milieu de la nuit, presque nue sous votre kimono, et en me menaçant d'une arme blanche, que vous me gâcherez la vie, je suis navré de vous l'avouer.

Exaspérée, la jeune femme s'en alla, rangea le couteau dans la cuisine et se servit un verre de lait qu'elle but d'une traite, au dernier degré de l'irritation.

« Dîner avec un homme à qui on a pointé un couteau sur la gorge la nuit même ne manque pas d'attrait », songea Saturnine en s'asseyant à la table de plexiglas.

— Du Krug, grande cuvée, brut, me semble s'imposer, dit don Elemirio.

— Tant mieux. Hier soir, nous n'avons pas bu de champagne. Vous avez vu les conséquences.

— Je vous avais pourtant dit de manifester vos désirs.

— C'est ce que j'ai fait. D'une autre manière.

— J'ai adoré. Je me suis rendormi comme un ange.

Il remplit les flûtes et ils burent à l'or.

— Il y a un réconfort que seul le grand champagne procure, soupira-t-elle.

— Vous avez besoin de réconfort, ma pauvre enfant. Cela tombe à merveille. J'ai préparé le plat le plus réconfortant de l'univers : des œufs brouillés.

— Encore des œufs !

— Nous n'en avons plus mangé depuis une semaine. J'ai une telle obsession pour les œufs que si je me laissais aller, je ne mangerais rien d'autre. À vingt ans, j'ai tenté l'expérience de consommer des œufs *ad libitum* pendant quinze jours. Mes six œufs quotidiens me mettaient en transe. Hélas, j'ai dû arrêter après huit jours : mon visage arborait des plaques rouges allergiques.

Il servit deux assiettes creuses pleines d'œufs brouillés très peu cuits. La jeune femme dut convenir que cet assassin cuisinait à merveille.

— Pourquoi ne faites-vous rien normalement ?

— Comment cela ?

— À vingt ans, au lieu de vous intéresser aux filles, vous vous gavez d'œufs. Adulte, vous congelez des femmes pour les photographier.

— Vous simplifiez à outrance. Cela dit, vous avez raison, j'aurais été bien inspiré de m'intéresser aux filles plus tôt. Vous savez, ce n'était pas facile. Parfois, j'abordais dans la rue de charmantes créatures. Je déclinais mon identité, elles riaient déjà. Pour ne pas leur proposer aussitôt d'aller dans ma chambre, je les invitais à la messe : cela me paraissait plus convenable. Elles partaient illico.

— N'alliez-vous pas à des fêtes, des soirées ?

— Si. C'était affreux. Il y avait un bruit abominable qui sortait des baffles. Au bout d'une demi-heure, je devais quitter les lieux. Je n'ai jamais compris comment les gens supportaient ce vacarme. Bref, j'ai perdu ma virginité à vingt-six ans, par la grâce de la colocation.

— Émeline, si je me souviens bien.

— Oui. Émeline, joyau de l'Occident.

Saturnine but une gorgée de Krug et dit :

— À l'époque, vous n'aviez encore pris aucune photo. La chambre noire ne recelait donc aucun secret. Pourquoi avez-vous tué Émeline ?

— La chambre noire contenait alors un secret absolu. Émeline est morte pour l'avoir éventé.

— La chambre noire contient par conséquent autre chose que huit photos.

— Non.

— Je ne comprends pas.

— Quand Émeline s'est installée ici, je suis tombé fou amoureux d'elle. Je ne connaissais pas cet état, dont la violence m'agitait de spasmes. J'ai eu besoin de trouver une retraite. Il y avait cette pièce vide, dont j'ai peint l'intérieur et la porte en noir. Je m'y isolais, laissant une ampoule allumée. J'avais créé le néant, le non-être. J'ai su aussitôt qu'il fallait garder pour moi cette découverte et j'ai installé un mécanisme de fermeture cryogénique, persuadé qu'il ne servirait pas. Erreur douloureuse. À peine avais-je averti Émeline du secret qu'elle l'enfreignait.

— Pourquoi fallait-il garder cette découverte pour vous ?

— Parce que tel était mon désir.

— Pourquoi ?

— Il n'y a pas de pourquoi au désir.

— Mais Émeline était la femme que vous aimiez.

— Elle l'est toujours.

— Admettons. Cette chambre noire vous procurait du plaisir. Ne veut-on pas partager ses plaisirs avec son amour ?

— Pas tous.

— Admettons encore. De là à châtier de mort qui a désobéi !

— Je le répète : le dispositif de mort, je l'ai mis en place en étant sûr qu'il ne servirait pas.

— Manifestement, vous vous êtes trompé. Le mécanisme a tué huit fois. Une seule aurait dû suffire pour que vous le remettiez en cause.

— Je comprends ce que vous voulez dire.

— Que cela ne vous dispense pas de répondre.

— Je ne pouvais pas renoncer à ce dispositif de mort parce que mon plaisir en avait trop besoin. Cette nécessité n'était pas anodine. Quand on accepte d'être tout ce que l'on est, on ne renonce pas au monarque absolu. J'aimais – j'aime – Émeline avec tout ce que je suis, y compris le despote. Je vois même très bien en quoi être ce tyran fait de moi un grand amoureux.

— Jusqu'au meurtre ?

— Personne ne les obligeait à aller dans la chambre noire.

— Revenons à la première fois. Racontez-moi quand et comment vous avez constaté la mort d'Émeline.

— C'était un dimanche matin. Je revenais de la messe, l'âme élevée. Je voulais, comme chaque dimanche, réveiller Émeline de mes baisers : le lit était vide. Je l'ai appelée. Pas de réponse. J'ai pensé alors qu'elle était sortie et je me suis installé au lit avec l'*Ars magna* de Lulle. Personnellement, je préfère le lire en latin. Hélas, je ne lis pas l'arabe. Son catalan est magnifique, mais je suis ce Catalan qui a choisi d'être espagnol, aussi ai-je un problème avec la belle langue catalane. L'*Ars magna* est l'une de mes lectures favorites. Aucun texte n'aborde à ce point de plain-pied le sublime. Kant a écrit le *Traité du sublime* : titre grandiose mais qui ne tient pas ses promesses. Lulle a l'audace si naturelle d'en parler directement, par la grâce de l'alchimie, dont on ne dira jamais assez qu'elle est la plus haute trouvaille mystique de tous les temps. Bref, l'*Ars magna* m'a englouti pendant cinq heures.

Saturnine ferma les yeux et dit :

— Si je comprends bien, vous auriez pu sauver Émeline. Par moins 5 degrés, un corps humain vêtu d'une nuisette ne meurt pas instantanément. Si, au lieu de lire Lulle, vous étiez parti à sa recherche, vous auriez pu la libérer. Alors qu'après cinq heures de lecture, Émeline était morte.

— C'est la vérité. J'estimais trop ma femme pour soupçonner de sa part une erreur aussi grossière. Il devait être 13 heures quand la faim m'a tiré de Lulle. L'absence d'Émeline m'a semblé soudain inquiétante. J'ai fouillé toutes les pièces de cette demeure avant de songer à la chambre noire. Quand j'ai ouvert la porte, j'ai vu son cadavre sur le sol. J'ai hurlé d'horreur et de désespoir. Je l'ai portée dans mes bras jusqu'au lit. La mort ne faisait aucun doute : Émeline avait déjà amorcé sa rigidité cadavérique. À moins que ce ne fût la congélation. Je ne l'avais jamais vue si belle, je dois en convenir. Retirer sa nuisette ne posa pas de problème. À cause de sa raideur, j'ai eu du mal à enfiler la robe couleur de jour que je lui avais confectionnée. Ensuite, je suis allé chercher le Hasselblad et j'ai pris la première photo de ma vie. Force est d'admettre qu'il s'agissait d'un chef-d'œuvre. La beauté d'Émeline sur ce portrait dépasse tout ce que l'on peut imaginer. On ne peut pas regretter d'avoir réussi une telle photographie, quel qu'en soit le prix. J'ai punaisé cette image au mur de la chambre noire, qui n'a plus jamais été le lieu de mon néant secret, mais dans laquelle j'ai continué à m'isoler régulièrement, pour aimer Émeline.

— Jusqu'ici, à l'extrême rigueur, on peut considérer cette mort comme un accident.

— Je ne la considère pas comme telle. Pas plus que les morts qui ont suivi.

— Racontez-moi.

— J'apprécie qu'enfin vous ne vous protégiez plus de mon récit. Un an et demi après le décès d'Émeline, j'ai senti à nouveau le besoin d'une femme. J'ai passé une annonce de colocation et parmi celles qui se sont présentées, il y avait Proserpine. Le mystère s'en est mêlé, je suis tombé amoureux d'elle et elle aussi. Elle s'est installée ici, dans vos appartements ; deux semaines plus tard, elle partageait mon lit.

— Vous n'aviez pas démonté le dispositif cryogénique de la chambre noire ?

— Non.

— Pourtant, vous saviez, désormais, qu'il y avait un risque réel.

— Je suis d'un naturel généreux : l'erreur d'une femme ne me pousse pas à croire que toutes les femmes sont fautives.

— Généreux n'est pas le mot que je choisirais. Admettons que vous soyez d'un naturel aristotélicien. Une hirondelle ne fait pas le printemps.

— Suis-je vaniteux si j'aime que vous me trouviez aristotélicien ?

— Je ne sais pas. Ce que je voudrais savoir, c'est combien d'hirondelles il vous faut pour décréter le printemps.

— Nous verrons.

— Combien de temps, en moyenne, ont duré vos idylles, avant la transgression mortelle ?

— Il n'y a pas de règle. Jamais plus de six mois, jamais moins de trois semaines. Certaines femmes sont plus impatientes que d'autres.

— Trois semaines. C'est court pour vivre un amour fou.

— Six mois aussi. Quand on vit l'amour fou, c'est toujours trop court. Je pourrais vous raconter les détails de mes huit semaines avec Proserpine, mais je crains de vous lasser. L'amour est passionnant pour ceux qui l'éprouvent ; pour les autres, quelle scie !

— En dix-huit années, huit femmes.

— Neuf : il y a vous. Provisoirement vivante.

— Si vous le voulez bien, nous parlerons de moi plus tard. Donc, huit femmes. C'est beaucoup d'années et beaucoup de femmes et beaucoup de morts. À aucun moment vous n'avez remis en cause le bien-fondé de votre système ?

— Non.

— Ça me dépasse. Quand les faits infirment une théorie, on doute de la théorie.

— Les faits n'ont pas infirmé la théorie. Ce n'est pas parce que tout le monde commet une erreur que cette erreur est moins grave.

— Ce n'est pas pour autant qu'il faut supprimer ceux qui la commettent. Vous êtes un drôle de catholique.

— Aux yeux de l'Église, mon comportement est indéfendable.

— Ah ! Et vous ne changez pas d'attitude ?

— Je suis dans une impasse.

— Qu'est-ce qui vous empêche de démonter le dispositif assassin ?

— Le manque de conviction.

— Et combien de femmes vous faudra-t-il massacrer pour atteindre cette conviction ?

Don Elemirio éclata de rire avant de répondre :

— Vous devriez le savoir.

— Vos devinettes m'énervent.

— Vous avez très mauvais caractère, comme les gens qui ont peur.

— Répondez à ma question.

— Pas plus de neuf.

— Je ne vous crois pas. Je suis sûre qu'à chaque fois, vous avez pensé que c'était la dernière.

— Non. Je n'ai jamais eu cette certitude. Avec vous, je l'ai.

— Vous croyez vraiment que vous n'aimerez plus après moi ?

— Je ne le crois pas. Je le sais.

— Pourquoi ?

— Répondre serait insulter à votre intelligence. Vous avez tous les éléments pour établir cette certitude. Cette fois, c'est moi qui me retire le premier dans mes appartements. Pour vous laisser réfléchir.

Après avoir terminé la bouteille de Krug en essayant d'ordonner son cerveau, Saturnine se dirigea vers la bibliothèque et soupira de découragement : « J'ai une énigme à élucider, les moyens de le faire au dire de l'assassin, la méthode me manque, n'est pas Œdipe qui veut, laissons faire le hasard. » Sans y penser plus, elle ferma les yeux et choisit un ouvrage.

Elle leva les paupières : « La Bible. Évidemment. Mais comment choisir le bon passage, entre la Genèse et l'Apocalypse ? »

Elle laissa tomber le livre qui s'ouvrit, s'assit par terre et lut. C'était le début du *Cantique des cantiques* :

Qu'il me baise des baisers de sa bouche !
Car ton amour vaut mieux que le vin,
Tes parfums ont une odeur suave.
Ton nom est un parfum qui se répand.
C'est pourquoi les jeunes filles t'aiment.
Entraîne-moi après toi ! Nous courrons !
Le roi m'introduit dans ses appartements…

C'était très beau. Saturnine frémit. « C'est beau, mais ça ne m'aide pas. » L'énoncé l'indigna. « Si c'est beau, ça m'aide ! Que dit ce texte de façon éclatante ? Qu'il faut se réjouir, faire la fête, se livrer à l'amour, boire du vin. Voyons. Il faut penser avec la tête de l'Espagnol. Quelle est sa fête à lui ? Comment se réjouit-il ? Quel est son parfum ? Son ivresse ? »

Elle ne trouva aucune réponse. « C'est parce que je cherche. On ne trouve rien quand on cherche. Au moins ai-je pu formuler la question. »

Saturnine monta se coucher et s'endormit sur-le-champ.

Le lendemain, elle décida de se concentrer sur chacune de ses activités. Elle se brossa les dents avec conscience. Elle donna ses cours de tout son être. Elle emprunta la ligne 8 du métro parisien et descendit à la station La Tour-Maubourg qui mérita son attention.

Elle marcha sur le trottoir, longea une poubelle dont elle s'obligea à ressentir les puanteurs multiples. Elle passa près d'un banc public et avec la plus grande objectivité pensa : « Qu'est-ce qui m'empêche de m'asseoir sur ce banc et d'y attendre la mort ? » Puis conclut qu'elle crèverait sans avoir la réponse à cette question fondamentale.

Au moment où elle pénétrait dans la cour de l'hôtel particulier des Nibal y Milcar, la clef de l'énigme lui apparut. Saturnine se figea sur place, puis énonça tout haut avec un grand sourire : « En effet. C'était simple comme bonjour. »

— Je vous ai espérée cette nuit. Vous n'êtes pas venue.

— Il faut savoir se renouveler.

— C'est pourquoi j'ai choisi une bouteille de Cristal-Roederer.

Saturnine la regarda.

— C'est la plus belle des bouteilles de champagne. Elle a incroyablement bien réussi l'osmose du cristal et de l'or.

— Comme j'ai raison de vous aimer !

— Chaque fois que je passe près d'un banc public, je me demande ce qui m'empêche de m'y asseoir et d'y attendre la mort.

— Belle question. Quelle en est la réponse ?

— Je ne le sais pas encore. On ne peut pas trouver de réponse à toutes les questions.

Elle sourit. Il écarquilla les yeux.

— Vous allez la déboucher, cette bouteille ?

— Pardon.

On entendit le plus beau bruit du monde : la bouteille de Cristal-Roederer perdit son bouchon. Don Elemirio remplit les flûtes. Ils burent à l'or.

— Comment puis-je savoir que vous avez bel et bien résolu l'énigme ? demanda-t-il.

— Si je vous dis : $7 + 2 = 9$, est-ce que cela vous convainc ?

Il sourit.

— Oui.

— Les chiffres m'ont d'abord occulté la vérité. Si d'emblée j'avais disposé du chiffre 7, j'aurais trouvé beaucoup plus vite. $7 + 2$, c'était moins facile.

— Je vous écoute, dit-il.

— 7, c'est le spectre. Oui, mais vous avez tué 8 femmes, et peut-être bientôt 9, si l'on m'inclut. C'est oublier que dans notre réalité, aux deux extrémités du spectre, il y a le noir et le blanc – absence ou présence absolue de ce qui constitue votre souverain plaisir : les couleurs.

— *De gustibus et coloribus non disputandum.*

— Si, justement, parlons-en. La couleur, qu'est-ce que c'est ? Une sensation produite par les radiations de la lumière. On peut vivre sans : certains daltoniens ne perçoivent que le noir et le blanc et ne sont pas moins bien informés que les autres. En revanche, ils sont privés d'une volupté fondamentale. La couleur n'est pas le symbole du plaisir, c'est le plaisir ultime. C'est tellement vrai qu'en japonais, « couleur » peut être synonyme d'« amour ».

— Je l'ignorais. C'est joli.

— La béatitude de l'amour ressemble à celle que chacun éprouve en présence de sa couleur préférée. Si j'avais mieux retenu votre exposé sur les vêtements que vous avez créés pour chacune de vos femmes, j'aurais pu, comme au Cluedo, attribuer une couleur à chaque prénom. Je me rappelle une cape bleue, un chemisier blanc et des gants pourpres. Il y avait aussi une veste flamme qui doit correspondre à l'orangé. Quoi qu'il en soit, le jaune, c'est moi.

— Précisons que ces neuf teintes sont subtiles. J'ai choisi pour chacune la nuance la plus déchirante. Le jaune peut être le ton le plus laid du monde. Pour vous, j'ai composé le jaune asymptotique, dont vous avez pu constater l'ineffable splendeur. Oui, vous êtes le jaune et ce n'est pas un hasard si vous arrivez à la fin : c'est la couleur métaphysique par excellence. L'opposition noir/jaune constitue le contraste physiologique maximal de la rétine humaine.

— C'est aussi la couleur du spectre qui correspond à l'or.

— Les alchimistes l'avaient compris.

— C'est ce qui contient la vie dans l'œuf, l'une de vos fixations.

— J'ai rêvé d'un œuf dont le jaune serait d'or. Imaginez cette vision : on le cuit à la coque, on enfonce une mouillette dans de l'or en fusion.

— Voyez l'extase avec laquelle vous en parlez : peu de gens réagissent autant aux couleurs que vous. De votre part, aimer neuf femmes est parfaitement logique. C'est votre voie d'accès à la totalité. Si vous me tuez et me photographiez avec la jupe que vous m'avez offerte, votre chambre noire sera un nuancier complet. Vous serez alors un collectionneur comblé.

— Je l'ai longtemps cru. Je ne le pense plus à présent. Pour avoir vécu, ces dix-huit dernières années, une succession d'idylles et de veuvages, j'en suis arrivé à la conclusion que le veuvage valait l'idylle. Passé le choc du deuil, la cohabitation avec une aimée morte ne manque pas de charme.

— Qu'appelez-vous la cohabitation avec une morte ? Les cadavres sont toujours ici ?

— Non, rassurez-vous. Toutes sont enterrées auprès de mes parents, au cimetière de Charonne. Il y a un mystère avec ce cimetière, personne ne le contrôle. Pour en revenir à ce que je disais, je sens une exception à votre sujet : peut-être parce que vous êtes le jaune, vous perdriez beaucoup à mourir. Il faut bien le dire, certaines de mes épouses me plaisent plus, défuntes. Cela tient sans doute à la vibration des différentes couleurs. Il sied au jaune de vivre.

— Cela tombe bien.

— J'ai eu raison de garder le dispositif meurtrier de cette chambre, puisqu'il existe une femme respectueuse des secrets d'autrui.

— Bon. Vous avez trouvé la perle rare. Vous pourriez peut-être le détruire, ce dispositif, à présent ?

— Pourquoi ?

— Simple précaution.

— Je vous vois venir. Vous me considérez comme un fou qu'il faut mettre hors d'état de nuire.

— Le penser d'un homme qui a tué huit femmes pour des motifs chromatiques serait un jugement hâtif.

— Je ne suis pas un fou, mais un homme épris d'absolu, confronté par neuf fois à une question terrible : quelle est la juste frontière entre l'aimée et soi ?

— Question à laquelle vous avez donné huit réponses un peu trop définitives à mon goût.

— Mais la neuvième réponse sera la bonne.

— La connaissez-vous ?

— Non. Vous allez me l'apporter.

— Vous me surestimez.

— Je vous donne simplement l'occasion d'exceller.

— Ma flûte est vide.

Il versa le Cristal-Roederer. Elle contempla l'or et le but.

— Le bon champagne aide à penser, dit-elle. La nuit dernière, vous m'avez laissée seule avec l'énigme. J'ai d'abord fini la bouteille de Krug. Elle m'a bien conseillée : je suis allée saisir au hasard un livre dans votre bibliothèque, je suis tombée sur la Bible. Je l'ai laissée tomber, elle s'est ouverte au début du *Cantique des cantiques.*

— Pour de vrai ?

— Ces quelques versets m'ont considérablement aidée. C'est une injonction à la fête, aux réjouissances. C'est alors que je me suis demandé quelle était votre fête à vous. Enfin la bonne question.

— Et l'invitation à l'amour dans ces versets, vous ne l'avez pas remarquée ?

Saturnine ignora l'allusion et poursuivit :

— Ce que j'ai compris de ces versets, c'est que chaque système tend au comble de son plaisir et s'organise en fonction de lui. Peut-être toutes les versions de l'univers convergent-elles vers une jouissance unique dont nous ne pouvons même pas imaginer la violence. C'est vrai aussi à l'échelle individuelle. Toute chose vivante aspire à son exultation maximale.

— Quelle serait la vôtre ?

— Pardonnez-moi d'avoir pu vous croire l'assassin de vos parents. C'était mal vous connaître : cela n'entrait pas dans votre démarche chromatique. Je n'avais pas encore compris votre manière de penser. J'avais bêtement trébuché sur le caractère invraisemblable de leur explosion. Depuis, je me suis rendu compte que l'invraisemblance signalait la vérité. Les gens mentent d'abord à cause de cela. Et vous, précisément, vous ne mentez jamais. C'est pourquoi les trois quarts de ce que vous dites sont à ce point énormes.

— Pourquoi prenez-vous la tangente chaque fois que je parle de votre amour pour moi ?

— Et si, pour la première fois de votre existence, vous photographiiez une vivante ?

Don Elemirio blêmit, ce qui conforta Saturnine dans la justesse de son projet. Elle ne lui laissa pas le loisir de discuter :

— Pendant que vous allez chercher votre Hasselblad, je cours enfiler la jupe.

Elle s'enfuit dans sa chambre. La doublure de la jupe lui caressa les jambes avec une suavité exquise. Quand elle le rejoignit, il lui montra le Hasselblad.

— J'ai peur de ne pas en être capable.

— La peur fait partie du plaisir.

Il la conduisit dans un boudoir dont les teintes marron glacé ne nuisaient pas à l'éclat du vêtement. Elle posa debout sur le sofa, afin que l'or de l'étoffe envahisse l'image.

Il s'allongea par terre, dit que son visage semblait éclore de la jupe et appuya sur le déclencheur.

Le flash passa presque inaperçu, comparé au crépitement de leur jouissance.

— Voilà, dit-il.

— Vous plaisantez ! Nous n'allons pas nous contenter d'une seule photo.

— C'est ainsi que je procède.

— Avec les mortes. Avec une vivante, il faut essayer toutes les positions.

— Dans ce cas, n'irais-je pas chercher la bouteille de Cristal-Roederer ? Nous aurons besoin de carburant.

Elle y consentit. Le champagne est à la photographie ce que la poudre à canon est à la guerre.

Saturnine paya de sa personne. Sans lâcher la flûte qu'elle remplissait régulièrement, elle fut gorgone, templier fin de siècle, pagode martienne, idole carthaginoise, succube, Parvati, Amaterasu, Marie-Madeleine, Lilith, Erzébeth Báthory, apicultrice intergalactique. Lui inventa pour chaque incarnation le cadre, les contrastes et la lumière.

L'expérience les sidéra. Jusque-là, Saturnine n'avait été immortalisée que sur des clichés familiaux, la bouche pleine de tambouille dominicale, et don Elemirio n'avait eu affaire qu'à de dociles défuntes. La nouveauté de l'exercice les excita comme des puces. Chacun donna à l'autre quelque chose d'inconnu.

Plus il la photographiait, plus elle sentait monter, à la surface de sa peau, une énergie qui jaillissait par salves. Comme il travaillait à l'argentique, la séance ne fut pas gâchée par l'immédiateté du résultat : l'œuvre a besoin du mystère de l'attente. Il est bon, quand on crée, de ne pas nier le temps.

Lorsque la bouteille fut vide, Saturnine déclara qu'elle allait se coucher. Elle s'imposa de le quitter de la façon la plus abrupte : ce qu'ils avaient partagé était trop fort pour mener à un épilogue possible.

De retour de l'École du Louvre le lendemain, la jeune femme trouva, étalées sur son lit, les photos de la veille.

Il y en avait une cinquantaine ; plus stupéfiantes les unes que les autres : on eût cru que cinquante modèles différents avaient posé. « Je ne me savais pas si mosaïque », pensa-t-elle. Comme il était bon, non pas d'être une autre, mais d'être cinquante autres ! Même les clichés qui ne l'avantageaient pas la ravirent. Tout ce que l'Espagnol avait attrapé d'elle existait, le laid et le beau, le fragile et le solide.

Mélaine l'appela pour dîner. Don Elemirio l'attendait auprès d'un buisson de langoustines.

— Merci pour les photos, dit-elle.

— C'est moi qui vous remercie. Je n'ai jamais rien vécu de pareil. Laquelle préférez-vous ?

— Aucune. J'aime les voir toutes ensemble.

Il ouvrit une bouteille de Krug-Clos du Mesnil 1843. Comme il s'agissait d'un homme de goût, il ne précisa pas que c'était le champagne le plus cher du monde. D'ailleurs, il l'avait oublié.

— Laquelle des photos allons-nous choisir pour la chambre noire ? demanda-t-il.

— Faut-il vraiment mettre l'une de ces photos dans cette pièce ? dit-elle après avoir trempé ses lèvres dans le divin nectar.

— Bien sûr. Sinon, il manquera une couleur.

— Peut-être faut-il qu'elle manque.

— Vous déraisonnez. Ce serait une erreur esthétique.

— Je n'en suis pas sûre.

— Venez voir.

Don Elemirio emmena Saturnine devant la porte noire. Elle s'assura qu'il avait bloqué le dispositif cryogénique avant de le suivre à l'intérieur.

Entrer dans le mausolée de Toutankhamon n'eût pas été plus intimidant. Une ampoule éclairait les huit portraits qui rythmaient les murs noirs. Un emplacement avait été ménagé pour un neuvième. Ce vide la fit frissonner, elle eut l'impression de sentir les huit agonies qui avaient eu lieu dans la pièce et respira à fond.

— Présentez-moi, dit-elle avec flegme.

Charmé de cette demande, il s'inclina devant chaque photo.

— Émeline, ma bien-aimée, voici Saturnine, la femme que j'aime. Proserpine, ma bien-aimée, voici Saturnine, la femme que j'aime. Séverine…

La vivante contempla longuement les portraits. Les photos étaient trop réussies, ce qui prouvait que quelque chose clochait. Ce détail s'appelait la mort. Ces beaux visages féminins étaient figés par un vernis dont la puissance irradiait le malaise.

Non seulement on ne pouvait ignorer que ces femmes étaient mortes, mais on ne pouvait douter qu'elles avaient été assassinées.

— Entendez-vous ce qu'elles disent ? interrogea Saturnine. Cette voix qui s'élève de ces huit portraits, qui répète la même phrase : « Mon amour, comment pouvez-vous ne pas venir me sauver ? »

— Vous ne commentez pas les couleurs. Ne trouvez-vous pas qu'elles sont extraordinairement saturées ? La couleur est la part aristocratique de chacune. Et ceci est votre place, dit-il en désignant le pan de mur inoccupé.

— Une vivante parmi les photos de mortes : vous n'y pensez pas.

— Il me faut ma femme jaune ! protesta-t-il. Savez-vous quel est le nom de couleur qui apparaît le plus dans la Bible ?

— Je l'ignore.

— C'est l'or. C'est vous, ma bien-aimée.

Saturnine frémit de s'entendre appelée comme les mortes.

— Je ne veux pas que vous mettiez ma photo ici.

— Je me passerai de votre permission. Un nuancier doit être complet.

— Vous arrive-t-il de tenir compte du désir de l'autre ?

— Je me permets de vous rappeler que chacune de ces femmes a enfreint mon désir.

— Et moi ?

Il eut l'air déconcerté. Elle reprit :

— Moi, j'ai respecté votre désir. J'ai attendu que vous m'invitiez dans la chambre noire. N'ai-je pas été parfaite ?

— Vous n'êtes pas l'or pour rien.

— Mon désir ne mérite-t-il donc pas votre considération ?

— Je ne comprends pas, soupira-t-il. Vous aimez les photos que j'ai prises de vous ?

— Je les aime trop pour qu'elles soient exposées dans ce lieu sinistre.

— Sinistre, ce sanctuaire de l'amour ?

— On dirait le frigo d'un boucher.

Il éclata d'un rire dont la condescendance n'échappa pas à la jeune femme. Elle sut que dès qu'elle aurait le dos tourné, il punaiserait son portrait à l'endroit prévu.

Saturnine n'hésita pas une seconde : elle quitta la pièce d'un bond, remit en marche le dispositif cryogénique et ferma la porte. Adossée à cette dernière, elle attendit.

— Saturnine ? finit-elle par entendre.

— Je suis là, dit-elle en pensant que c'était la première fois qu'il l'appelait par son prénom.

— Il n'y a pas moyen d'ouvrir de l'intérieur.

— Je m'en doute. Sinon, vos huit femmes ne seraient pas mortes.

— Pourriez-vous me libérer, s'il vous plaît ?

— À une seule condition : que vous prêtiez serment de laisser vide l'emplacement de la couleur jaune.

— Je suis incapable de mentir. Je ne peux pas prêter ce serment.

— Donc, vous choisissez de mourir.

— C'est comme si vous imposiez à Dieu de renoncer au jaune lors de la création de l'arc-en-ciel.

— Tant pis pour vous. Vous saurez ce que c'est de périr par le froid.

— Pourriez-vous rester là le temps que je trépasse, afin de me tenir compagnie ?

— Il n'en est pas question. Le Krug-Clos du Mesnil 1843 va s'éventer. Je me ferai un plaisir de le boire sans vous.

— Saturnine ?

Elle sentit qu'il s'était adossé à la porte. Leurs corps n'étaient séparés que par deux centimètres de bois.

— Vous n'imaginez pas la jouissance que j'ai éprouvée, pendant cette dizaine de jours, à contempler vos yeux couleur de jonc.

Elle ne répondit plus. Avant de partir, elle posa ses lèvres sur la porte noire, à l'endroit où s'appuyait la nuque du condamné.

Contrairement à ce qu'elle avait annoncé, elle n'alla pas terminer le Krug, car elle avait horreur de boire seule. Mais elle emporta la bouteille dans son sac à dos et glissa les deux flûtes de cristal de Tolède dans les poches de son manteau.

Rue de La Tour-Maubourg, elle marcha pour se calmer. « Il faut que je reste dehors la nuit entière, sinon je ne pourrai pas m'empêcher d'aller libérer l'Espagnol », se dit-elle. Il faisait froid, moins cependant que dans la chambre noire à ce moment-là. Par solidarité avec sa victime, elle frissonna.

Au clochard qui lui demandait pourquoi elle avait l'air si triste, elle répondit :

— C'est parce que je m'appelle Saturnine.

Et comme elle n'était pas fille à se laisser abattre, elle téléphona à Corinne avec son cellulaire :

— Une nuit dehors avec moi et un très grand champagne, ça te dit ?

— J'arrive.

Près de la station de métro, elle avisa un banc public et s'y assit pour l'attendre. Devant elle, il y avait les Invalides dont la coupole venait d'être redorée à la feuille. Un éclairage idéal en rehaussait la lumière. La jeune femme eut tout le temps d'admirer cette splendeur.

À l'instant précis où don Elemirio mourut, Saturnine se changea en or.

Du même auteur
aux Éditions Albin Michel :

HYGIÈNE DE L'ASSASSIN, 1992.
LE SABOTAGE AMOUREUX, 1993.
LES COMBUSTIBLES, 1994.
LES CATILINAIRES, 1995.
PÉPLUM, 1996.
ATTENTAT, 1997.
MERCURE, 1999.
STUPEUR ET TREMBLEMENTS, Grand prix du roman
    de l'Académie française, 1999.
MÉTAPHYSIQUE DES TUBES, 2000.
COSMÉTIQUE DE L'ENNEMI, 2001.
ROBERT DES NOMS PROPRES, 2002.
ANTÉCHRISTA, 2003.
BIOGRAPHIE DE LA FAIM, 2004.
ACIDE SULFURIQUE, 2005.
JOURNAL D'HIRONDELLE, 2006.
NI D'ÈVE NI D'ADAM, 2007.
LE FAIT DU PRINCE, 2008.
LE VOYAGE D'HIVER, 2009.
UNE FORME DE VIE, 2010.
TUER LE PÈRE, 2011.
BARBE BLEUE, 2012.
LA NOSTALGIE HEUREUSE, 2013.
PÉTRONILLE, 2014.

Le Livre de Poche s'engage pour
l'environnement en réduisant
l'empreinte carbone de ses livres.
Celle de cet exemplaire est de :

250 g éq. CO$_2$

Rendez-vous sur
www.livredepoche-durable.fr

**PAPIER À BASE DE
FIBRES CERTIFIÉES**

Composition réalisée par PCA

Achevé d'imprimer en avril 2015 en Espagne par
CPI
Dépôt légal 1re publication : janvier 2014
Édition 05 – avril 2015
LIBRAIRIE GÉNÉRALE FRANÇAISE – 31, rue de Fleurus – 75278 Paris Cedex 06

31/9414/9